文学常识丛书

物华风清

翟民　主编

黄河出版传媒集团
阳光出版社

图书在版编目（CIP）数据

物华风清 / 翟民主编. —— 银川：阳光出版社，
2016.6（2020.12重印）
（文学常识丛书）
ISBN 978-7-5525-2724-7

Ⅰ.①物… Ⅱ.①翟… Ⅲ.①古典散文 – 文学欣赏 –
中国 – 青少年读物 Ⅳ.①I206.2-49

中国版本图书馆CIP数据核字(2016)第158105号

文学常识丛书　物华风清　　　　　　　　　　翟民　主编

责任编辑　陈建琼
封面设计　民谐文化
责任印制　岳建宁

黄河出版传媒集团
阳光出版社　出版发行

出版人　薛文斌
地　　址　宁夏银川市北京东路139号出版大厦（750001）
网　　址　http://www.ygchbs.com
网上书店　http://www.shop129132959.taobao.com
电子信箱　yangguangchubanshe@163.com
邮购电话　0951-5047283
经　　销　全国新华书店
印刷装订　河北燕龙印刷有限公司
印刷委托书号　（宁）0019174

开　　本　710 mm×1000 mm　1/16
印　　张　9.5
字　　数　114千字
版　　次　2016年11月第1版
印　　次　2021年1月第2次印刷
书　　号　ISBN 978-7-5525-2724-7
定　　价　28.50元

前　言

　　源远流长的中华五千年文化,滋养着生生不息的中华民族。那些饱含圣贤宗师心血的诗歌、散文 ,历经了发展和不断地丰富,融入了中华民族的血脉,铸就了中华民族的脊梁,毋庸置疑地成为宝贵的文化遗产、永恒的精神食粮、灿烂的智慧结晶。然而受课时篇幅所限,能够收入到中小学教科书的经典作品必定是极少数。为此,我们精心编辑了这一套集古代经典诗歌分类赏析、古代经典散文分类赏析为一体的《文学常识丛书》。

　　本套丛书包括:古代经典诗歌分类赏析共十册——《诗中水》《诗中情》《诗中花》《诗中鸟》《诗中雨》《诗中雪》《诗中山》《诗中日》《诗中月》《诗中酒》;古代经典散文分类赏析共十册——《物华风清》《人和政通》《诙谐闲趣》《情规义劝》《谈古喻今》《修身养性》《奇谋韬略》《群雄争锋》《逝者如斯》《天下为公》。

　　读古诗,我们会发现诗人都有这样一个特征——托物言志。如用"大鹏展翅""泰山绝顶"来抒发自己对远大抱负的追求,用"梅兰竹菊""苍松劲柏"来表达自己对崇高品格的追慕;用"青鸟红豆""鸿雁传书"寄托相思,用"阳关柳色""长亭古道"排解离愁,用"浮云"来感慨人生无常、天涯漂泊,用"流水"来喟叹时光易逝、岁月更替,用"子规"反映哀怨,用"明月"象征思念……总之,对这些本没有思想感情的自然物,古代诗人赋予它们以独特的寓意,使之成为古诗中绚丽多彩的意象。正是这些意象为古诗增添了无穷的魅力。

　　古典散文同样也散发着艺术的光辉,但更引人瞩目的是它所蕴含的思

— 1 —

想精华,或纵论古今,或志异传奇,或微言大义,或以小见大,读后不禁让我们对古人睿智的思想和优美的文笔赞叹不已。

希望能通过这套丛书,使广大中学生对祖国光辉灿烂的文化遗产有一个更深刻的认识。

编者

目　录

作者简介

　　司马相如(公元前 179 年—前 118 年)西汉辞赋家。字长卿。蜀郡成都(今四川成都)人。少好读书击剑。景帝时,为武骑常侍。景帝不好辞赋,他称病免官,来到梁国,与梁孝王的文学侍从邹阳、枚乘等同游,著《子虚赋》。梁孝王死,相如归蜀,路过临邛,结识商人卓王孙寡女卓文君,卓文君喜音乐,慕相如才,相如以琴心挑之,私奔相如,同归成都。家贫,后与文君返临邛,以卖酒为生。二人故事遂成佳话,为后世文学、艺术创作所取材。武帝即位,读了他的《子虚赋》,深为赞赏,因得召见。又写《上林赋》以献,武帝大喜,拜为郎。后又拜中郎将,奉使西南,对沟通汉与西南少数民族关系起了积极作用,写有《喻巴蜀檄》《难蜀父老》等文。后被指控出使受贿,免官。过了一年,又召为郎,转迁孝文园令,常称疾闲居,有消渴疾,病免,卒。司马相如的文学成就主要表现在辞赋上。《汉书·艺文志》著录"司马相如赋二十九篇",现存《子虚赋》《上林赋》《大人赋》《长门赋》《美人赋》《哀秦二世赋》6篇,另有《梨赋》《鱼赋》《梓山赋》3 篇仅存篇名。《隋书·经籍志》有《司马相如集》1 卷,已散佚。明人张溥辑有《司马文园集》,收入《汉魏六朝百三家集》。

长门赋①并序

　　孝武皇帝陈皇后②，时得幸③，颇妒。别在长门宫，愁闷悲思。闻蜀郡成都司马相如天下工为文④，奉黄金百斤，为相如文君取酒⑤，因于解悲愁之辞⑥。而相如为文以悟主上⑦，陈皇后复得亲幸。其辞曰：夫何一佳人兮⑧，步逍遥以自虞⑨。魂逾佚而不反兮⑩，形枯槁而独居。言我朝往而暮来兮，饮食乐而忘人⑪。心慊移而不省故兮⑫，交得意而相亲⑬。

　　伊予志之慢愚兮⑭，怀贞悫之懽心⑮。愿赐问而自进兮⑯，得尚君之玉音⑰。奉虚言而望诚兮⑱，期城南之离宫⑲。修薄具而自设兮⑳，君曾不肯乎幸临㉑。廓独潜而专精兮㉒，天漂漂而疾风㉓。登兰台而遥望兮㉔，神怳怳而外淫㉕。浮云郁而四塞兮㉖，天窈窈而昼阴㉗。雷殷殷而响起兮㉘，声象君之车音。飘风回而起闺兮㉙，举帷幄之襜襜㉚。桂树交而相纷兮㉛，芳酷烈之闾闾㉜。孔雀集而相存兮㉝，玄猿啸而长吟㉞。翡翠胁翼而来萃兮㉟，鸾凤翔而北南㊱。

　　心凭噫而不舒兮㊲，邪气壮而攻中㊳。下兰台而周览兮，步从容于深宫㊴。正殿块以造天兮㊵，郁并起而穹崇㊶。间徙倚于东厢兮，观夫靡靡而无穷㊷。挤玉户以撼金铺兮，声噌吰而似钟音㊸。

刻木兰以为榱兮^㊽，饰文杏以为梁^㊾。罗丰茸之游树兮，离楼梧而相撑^㊻。施瑰木之枅兮，委参差以槺梁^㊼。时仿佛以物类兮，象积石之将将^㊽。五色炫以相曜兮^㊾，烂耀耀而成光^㊿。致错石之瓴甓兮，象瑇瑁之文章^㉛。张罗绮之幔帷兮^㉜，垂楚组之连纲^㉝。

物华风清

抚柱楣以从容兮^㉞，览曲台之央央^㉟。白鹤嗷以哀号兮^㊱，孤雌跱于枯杨^㊲。日黄昏而望绝兮^㊳，怅独托于空堂^㊴。悬明月以自照兮，徂清夜于洞房^㊵。援雅琴以变调兮，奏愁思之不可长^㊶。案流徵以却转兮，声幼妙而复扬^㊷。贯历览其中操兮，意慷慨而自卬^㊸。左右悲而垂泪兮，涕流离而从横^㊹。舒息悒而增欷兮^㊺，蹝履起而彷徨^㊻。揄长袂以自翳兮^㊼，数昔日之愆殃^㊽。无面目之可显兮，遂颓思而就床^㊾。抟芬若以为枕兮^㊿，席荃兰而茝香^㉛。

忽寝寐而梦想兮，魄若君之在旁^㉜。惕寤觉而无见兮^㉝，魂迋迋若有亡^㉞。众鸡鸣而愁予兮^㉟，起视月之精光^㊱。观众星之行列兮，毕昴出于东方^㊲。望中庭之蔼蔼兮，若季秋之降霜^㊳。夜曼曼其若岁兮^㊴，怀郁郁其不可再更^㊵。澹偃蹇而待曙兮^㊶，荒亭亭而复明^㊷。妾人窃自悲兮^㊸，究年岁而不敢忘^㊹。

注 释

①本文选自《文选》卷一六。赋作表现陈皇后被遗弃后苦闷和抑郁的心情，艺术表现上反复重叠，而又极其细腻，是一篇优秀的抒情作品。长门，指长门宫，汉代长安别宫之一。

②孝武皇帝：指汉武帝刘彻。陈皇后：名阿娇，是汉武帝姑母之女。武帝为太子时娶为妃，继位后立为皇后。

③得幸：受到宠爱。幸，宠幸，宠爱。

④工为文：擅长写文章。工，擅于，擅长。

⑤文君：即卓文君。取酒：买酒。

⑥于：为。此句说让相如作解悲愁的辞赋。

⑦为文：指作了这篇《长门赋》。

⑧"夫何"句：这是怎样的一个佳人啊。夫，犹"是"。何，疑问之辞。

⑨逍遥：缓步行走的样子。虞：度，思量。

⑩逾佚：外扬，失散。佚，散失。反：同"返"。

⑪"言我"二句：谓武帝曾说过朝往而暮来，现在却恣乐于饮食而把人给忘记了。我，指汉武帝。人，指陈皇后。

⑫慊（qiàn 欠）移：决绝变化。省（xǐng 醒）故：念旧。此句指武帝的心已决绝别移，忘记了故人。

⑬得意：指称心如意之人。相亲：相爱。

⑭伊：发语词。予：指陈皇后。慢愚：迟钝。

⑮怀：抱。贞愨（què 却）：忠诚笃厚。懽：同"欢"。此句指自以为欢爱靠得住。

⑯赐问：指蒙武帝的垂问。自进：前去进见。

⑰"得尚"句：谓侍奉于武帝左右，聆听其声音。尚，奉。

⑱奉虚言：指得到一句虚假的承诺。望诚：当作是真实。

⑲"期城南"句：在城南离宫中盼望着他。期，盼望。离宫，正宫之外供帝王出巡时居住的宫室。此指长门宫。

⑳修：置办，整治。薄具：指菲薄的肴馔饮食。

㉑曾：乃，却。幸临：光降。

㉒廓:空寂,孤独。此指忧伤的样子。独潜:独自深居。专精:用心专一。此指一心思念。

㉓漂漂:同"飘飘"。

㉔兰台:华美的台榭。一说台名。

㉕怳怳:同"恍恍",心神不定的样子。外淫:指神不守舍。淫,游。

㉖郁:郁结。四塞(sè色):遍布。

㉗窈窈:幽暗的样子。

㉘殷(yǐn隐)殷:形容雷的声音。

㉙飘风:旋风。起闺:指吹开内室之门。闺,宫中小门。

㉚帷幄:帷帐。襜(chān挽)襜:摇动的样子。

㉛交:交错。相纷:杂乱交错。

㉜芳:指香气。酳(yín银)酳:形容香气浓烈。

㉝相存:相互慰问。

㉞玄猨:黑猿。猨,同"猿"。

㉟翡翠:鸟名。胁翼:收敛翅膀。萃:集。

㊱鸾凤:指鸾鸟和凤凰。翔而北南:南北飞翔。此指自由飞来飞去。

㊲凭噫:愤懑抑郁。

㊳攻中:攻心。

㊴"下兰台"二句:谓走下兰台,在深宫中周游观览。极写百无聊赖。

㊵块:屹立的样子。造天:达到天上。造,达。

㊶郁:形容宫殿雄伟、壮大。穹崇:高大的样子。

㊷"间徙倚"二句:谓有时在东厢各处徘徊游观,观览华丽美好的景物。间,有时。徙倚,徘徊。靡靡,华丽。

㊸"挤玉户"二句：谓推开殿门摇动金属作的门环，发出很大的像撞钟一样的声音。挤，排挤，推开。撼，摇动。金铺，金属作的门环。噌吰（zēng hóng 增宏），钟声。

㊹木兰：树名，似桂树。榱（cuī 崔）：屋椽。

㊺文杏：即银杏树。以上二句形容建筑材料的华美。

㊻"罗丰茸"二句：谓梁上的柱子交错支撑。罗，集。丰茸（róng 荣），繁多的样子。游树，浮柱，指屋梁上的短柱。离楼，众木交加的样子。梧，屋梁上的斜柱。

㊼"施瑰木"二句：谓用瑰奇之木做成斗拱以承屋栋，房间非常空阔。瑰木，瑰奇之木。欂栌（bó lú 博卢），指斗拱。斗拱是我国木结构建筑中柱与梁之间的支承构件，主要由拱（弓形肘木）和斗（拱与拱之间的斗形垫木）纵横交错，层层相叠而成，可使屋檐逐层外延。委，堆积。参差，指斗、拱纵横交错、层层相叠的样子。橚梁，屋室空阔的样子。

㊽"时仿佛"二句：谓时时疑惑这样的宫殿有什么可比类的，那就像积石山一样高峻。时，时时的意思。仿佛，相似，近似。物类，以物比物。积石，指积石山。将（qiāng 枪）将，高峻的样子。

㊾炫：明亮。曜：照耀。

㊿耀耀：明亮的样子。

(51)"缴错石"二句：谓用彩石铺成的地面，像玳瑁的花纹一样华丽。缴，细密。错石，积众石而成彩。瓴甓（líng pì 伶辟），铺地的砖。瑇瑁，即玳瑁。海龟类动物，背部有褐色和淡黄色相间的花纹。文章，花纹、色彩。

㊿罗、绮：皆指用丝织成的布。幔：帐幕。帷：帐子。

㊿楚组：指楚地产的丝带。组，组绶，本用以系玉，以楚产最有名。连纲：指连结幔帷的绳带。纲，网上的总绳。

(54)抚：按，摸。柱楣：柱子和门楣。楣，门上横梁。从容：舒缓。此处指神态消极。

(55)曲台：宫殿名。旧注说在未央宫东面。央央：广大的样子。

(56)噭(jiào 叫)：鸟哀鸣声。

(57)孤雌：失偶的雌鸟。跱：同“峙”，停留。

(58)望绝：指久候而不至。

(59)怅：愁怅，悲伤。托：指托身。

(60)“悬明月”二句：谓明月高挂，孤独地照着自己，在洞房中消磨如此良夜。徂(cú 殂)，往，消逝。洞房，深邃的内室。

(61)“援雅琴”二句：谓操起琴来弹奏却改变了原来的常调，虽可抒发心中愁思但不能维持长久。援，引，操起。

(62)“案流徵(zhǐ 止)”二句：谓弹奏中转成徵声，声音由轻细而变成激扬。案，同“按”，此指弹奏。徵，古代五音中的第四音，声音激越。幼妙，同“要妙”，指声音轻细。

(63)“贯历览”二句：谓将上述琴曲连贯起来看胸中情操，显示出志意慷慨不平。贯，连贯，贯通。自卬(áng 昂)：自我激励。

(64)涕：眼泪。流离：流泪的样子。从横：同“纵横”，此指泪流之多。

(65)舒：展，吐。息悒：叹息忧闷。欷：抽泣声。

(66)蹝(xǐ 徙)履：趿着鞋子。彷徨：徘徊的意思。

(67)揄(yú 余)：扬起。袂(mèi 妹)：衣袖。自翳(yì 义)：自遮其面。翳，遮蔽。

(68)数：计算，回想。諐(qiān 千)殃：过失和罪过。諐，同“愆”。

(69)“无面目”二句：谓自己无面目见人，只好满怀心事上床休息。颓思，愁思，伤感。

(70)抟(tuán 团)：揉。芬若：香草名。

○71 荃、兰、茝：皆为香草名。此句说以荃、兰、茝等香草为席。旧注说以香草比喻修洁自己行为。

○72 魄：魂魄。此指梦境。若君之在旁：谓像在君之旁。

○73 惕寤：指突然惊醒。惕，急速，突然。寤，醒。

○74 迋（guàng 迋）迋：恐惧的样子。若有亡：若有所失。

○75 愁予：即予愁。

○76 月之精光：即月光。

○77 毕、昂：二星宿名，五六月间出于东方。

○78 "望中庭"二句：谓望着中庭微暗的月光，虽然是盛夏，感受如同深秋一样。蔼蔼，月光微暗的样子。季秋，深秋。

○79 曼曼：同"漫漫"，言其漫长。

○80 郁郁：此指心中的愁苦。不可再更：指不能重有欢乐之时。

○81 澹：荡动。偃蹇：伫立的样子。此句指心绪不宁，坐立不安等待天明。

○82 荒：昏暗。亭亭：久远的样子。

○83 妾人：自称之辞。

○84 "究年岁"句：谓穷年累月终不敢忘君。究，终。

译文

　　一位美好的女子，在缓步，在自思。她的心魂似乎远去不回，她的形貌正在孤独中憔悴。她记得君王曾经说每天都会来，但现在酒宴欢乐，便忘了我。君王的心思已经转变，再也不想起旧人，他只和他得意的人亲近。我仍然那样痴，总抱着真诚的心思，总希望君王能赐问，使我能够见到他，总希望能收到君王的诏谕。我记得他从前的每一句空

话,心里真的怀抱着希望,在城南的离宫里我等候君王,我已经准备了菲薄的菜肴,但君王并不曾到来。

我独自忧思,别的什么都不想,天空又突然有一阵风过去。走上兰台我眺望远处,心神在震动中似乎散去。四方厚重的云塞住天空,虽是白日,天色已经昏沉,有一阵阵雷声好像是君王的车声。微风吹过重门,掀动帷帐,外面的桂树杂发,正散出浓香。几只孔雀飞来,似乎在一起互相问候。几头黑猴子鸣啸,似乎他们在吟诗。翡翠鸟敛翼飞聚,鸾凤或南或北地高飞。我长长吁气,又觉得一阵不安,似乎愁思在攻入我心。

从兰台下来,我环顾四方,慢慢地走遍整个宫廷。这里高大的正殿直接天空,那么大又那么高。歇了一会儿,举在东厢徘徊,静看无限景色的精细美好。我靠着玉门去摇动门上的金环,嗙呔之声就像钟音一样。这里雕刻了木兰树做屋椽,漆饰了文杏木来做屋梁。那么多的成群浮柱,还有许多木柱支在斜两旁。另有瑰奇的木材做成壁柱,来承住上面的虚梁。我恍忽地看着这样的建筑,心情像流水一样的不宁。五色的光华闪耀,沟底砖石上是玟瑁的花纹。悬挂着丝织的帷幔,系着帷幔的是南方的宽长丝带。摩挲着柱子我来往徘徊,忽然觉得回曲的台殿太大。白鹤发出嗷嗷的哀鸣,孤独的雌鸟停在枯萎的杨树上。已经日近黄昏,看不见远处了,我只独自在空堂中惆怅。

明月挂在天空照我一人,房中又是长夜凄清。取琴来弹一个异常的调子,奏出我不能再深的愁思。我弹一曲流徵,音响低回,由微细的音转往高音。一节节我依次下去,我寻觅一个中操,心意又昂扬激励。左右的人听着都悄悄垂泪,我也流涕。我悒悒地叹息,增高了啜泣的馀声,用足趾挑起鞋子彷徨起步。拉起自己的长裙掩面,将旧日的罪过一一默数。我已然觉得无面见人,只好放开思虑上床去。作席枕的都是香草,有芬若,有荃兰。不知不觉地入睡了,梦中恍见君王在我旁边。惊醒了却不见君王,心魂在惊惧里如有所失。一片鸡鸣撩起我的愁鸣,又起来看明朗的月色。我看见天上众星成行,那是毕星和昴星,已经出现在东方。遥望庭院中的阴阴淡月,似乎是深秋时正下秋霜。漫长的夜真是如年,不堪经受不解的忧伤。曙光点点摇露,从远处渐渐天明。我悄然地自己哀怜,这样穷年累月不敢忘君。

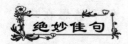

绝妙佳句

廓独潜而专精兮,天飘飘而疾风。登兰台而遥望兮,神恍恍而外淫。浮云郁而四塞兮,天窈窈而昼阴。雷殷殷而响起兮,声象君之车音。飘风回而起闺兮,举帷幄之襜襜;桂树交而相纷兮,芳酷烈之闿闿。孔雀集而相存兮,玄猿啸而长吟。翡翠胁翼而来萃兮,鸾凤翔而北南。心凭噫而不舒兮,邪气壮而攻中。

作者简介

　　王粲(公元 177—217 年),汉魏间诗人。建安七子之一。字仲宣。山阳高平(今山东省金乡县)人。曾祖王龚、祖王畅,都曾位列三公。父王谦,为大将军何进长史。王粲少时即有才名,曾受到著名学者蔡邕的赏识。年十七,司徒辟举,诏授黄门侍郎;当时董卓新诛,其党李、郭汜等在长安作乱,乃不应证召而注依荆州牧刘表。王粲在荆州住了 16 年,刘表以其貌不扬,又体弱通脱,不甚重用。建安十三年(公元 208 年)秋,曹操南证荆州,粲劝刘表之子刘琮举州归降。操召授粲为丞相掾,赐爵关内侯,后又迁军师祭酒。建安十八年(公元 213 年),魏国既建,拜侍中。建安二十一年(公元 216 年)冬,随军证吴,次年春,在返回邺城途中病卒。王粲诗今存 23 首,王粲赋今存 20 多篇。《隋书·经籍志》著录有《王粲集》11 卷,《去伐论集》3 卷,《汉末英雄记》10 卷,皆佚。明代张溥辑有《王侍中集》1 卷,收入《汉魏六朝百三家集》。

登楼赋①

　　登兹楼以四望兮，聊暇日以销忧②。览斯宇之所处兮③，实显敞而寡仇④。挟清漳之通浦兮⑤，倚曲沮之长洲⑥。背坟衍之广陆兮⑦，临皋隰之沃流⑧。北弥陶牧⑨，西接昭丘⑩。华实蔽野⑪，黍稷盈畴⑫。虽信美而非吾土兮⑬，曾何足以少留⑭！

　　遭纷浊而迁逝兮⑮，漫逾纪以迄今⑯。情眷眷而怀归兮⑰，孰忧思之可任⑱？凭轩槛以遥望兮⑲，向北风而开襟。平原远而极目兮⑳，蔽荆山之高岑㉑。路逶迤而修迥兮㉒，川既漾而济深㉓。悲旧乡之壅隔兮㉔，涕横坠而弗禁㉕。昔尼父之在陈兮，有归欤之叹音㉖。钟仪幽而楚奏兮㉗，庄舄显而越吟㉘。人情同于怀土兮，岂穷达而异心㉙！惟日月之逾迈兮㉚，俟河清其未极㉛。冀王道之一平兮㉜，假高衢而骋力㉝。惧匏瓜之徒悬兮㉞，畏井渫之莫食㉟。步栖迟以徙倚兮㊱，白日忽其将匿㊲。风萧瑟而并兴兮㊳，天惨惨而无色㊴。兽狂顾以求群兮，鸟相鸣而举翼。原野阒其无人兮㊵，征夫行而未息。心凄怆以感发兮㊶，意忉怛而憯恻㊷。循阶除而下降兮㊸，气交愤于胸臆。夜参半而不寐兮，怅盘桓以反侧㊹。

注　释

　　①本篇为作者避乱荆州登麦城(在今湖北当阳东南)城楼所作,借登楼所望,抒写思乡之情和不被重用的愤慨。在作法上尽脱汉赋铺陈堆切习气,成为建安时期抒情小赋的代表作。王粲登楼处有襄阳、江陵、当阳三说。此从郦道元《水经注》之《沮水》《漳水》注。

　　②聊:姑且。暇:闲。一作假。销忧:消除忧愁。

　　③斯宇:此楼。所处:指楼所在的地势。

　　④显敞:明亮宽大。寡仇:少比。仇,匹敌。

　　⑤挟清漳句:城楼座落在漳水的一条支流边上。挟,带。漳,漳水,发源湖北荆山,南流至下游与沮水汇为漳河,再南流至沙市入长江。浦,大水有小口别通它水。

　　⑥倚曲沮(jū居)句:城楼靠着曲折的沮水中的一块长洲。沮,沮水。洲,水中陆地。

　　⑦背:背对着。坟衍:地势高平。

　　⑧临:面对。皋:水边高地。隰(xí席):低湿地。沃流:可灌溉土地的流水。沃,美。

　　⑨弥:终至。陶牧:指范蠡的坟墓所在地。陶,陶朱公,即春秋时越国之范蠡。牧,郊远之地。

　　⑩昭丘:楚昭王的墓地,在当阳东南七十里。

　　⑪华:同花。实:果实。

　　⑫黍稷:泛指庄稼。黍,黍子。稷,粟,谷子。盈畴:遍野。盈,充满。畴,田野。

　　⑬信:的确。吾土:指作者的故乡。

　　⑭曾:语气助词。足:值得。少留:短时停留。

物华风清

13

⑮纷浊:指董卓专权残暴,政治混乱。纷,纷扰。迁逝:迁徙流亡。

⑯漫:长久。逾纪:超过了十二年。纪,古以十二年为一纪。迄(qì 气):至。

⑰眷眷:形容依恋不舍。

⑱孰:谁。任:当,经受。

⑲凭:依靠。轩:有窗的长廊。槛(jiàn 剑):栏干。

⑳极目:放眼远望。

㉑荆山:在今湖北南漳县。岑(cén 涔):小而高的山。

㉒逶迤(wēi yí 威移):长而曲折貌。修:长。迥(jiǒng 窘):远。

㉓漾(yàng 样):水流长。济:渡。

㉔壅(yōng 拥)隔:阻塞隔绝。

㉕横坠:零乱地落下。

㉖昔尼父二句:谓当年孔子在陈国断粮,曾有归与(回去吧)之叹。
(《论语·公冶长》)

㉗钟仪句:春秋时楚国钟仪被晋国俘囚,晋侯让他弹琴,他弹的仍是楚国的乐调。事见《左传·成公九年》。幽,囚。

㉘庄舄(xì 细)句:越国人庄舄在楚国做大官,病时思念故乡,仍用越国语说话、呻吟。事见《史记·张仪列传》。显,地位显赫。

㉙穷达:指困窘失意和富贵得志。异心:指改变思乡之情。

㉚惟:想。日月:指时间。逾迈:消逝。

㉛俟(sì 伺):等待。河清:《左传·襄公八年》:俟河之清,人寿几何?传说黄河水一千年清一次。后以河清喻时世太平。极:至。

㉜冀:期望。王道:王政。一平:统一平正。

㉝假:借。高衢(qú 瞿):大道。骋力:施展才力。

㉞惧匏(páo 袍)瓜句:孔子曾说:吾岂匏瓜也哉,焉能系而不食!(《论

语•阳货》)意为我岂能像匏瓜一样只挂在那儿而不被任用！此用其意。匏瓜，一种葫芦。徒悬，白白地挂着。

㉟畏井渫(xiè 屑)句：语出《周易•井卦》：井渫不食，为我心恻。井渫，把井淘干净。意思是担心淘干净了井却没人吃水。喻指自己恐怕修身高洁而不为世用。

㊱栖迟：游息。徙倚：徘徊。

㊲忽：迅速。匿：藏。

㊳萧瑟：风声。

㊴惨惨：暗淡无色。

㊵阒(qù 去)：寂静。

㊶凄怆：悲伤。

㊷忉怛(dāo dá 刀达)：哀伤。憯(cǎn 惨)恻：悲痛。憯，同惨。

㊸循：沿着。阶除：指楼梯。除，台阶。

㊹怅：惆怅，悲伤。盘桓：徘徊，此指反复思考。反侧：身体翻来覆去。

物华风清

译 文

登上这座楼向四面瞻望，暂借假日销去我的心忧。看看这里所处的环境，宽阔敞亮再也很少有同样的楼。漳水和沮水在这里会合，弯曲的沮水环绕着水中的长洲。楼的北面是地势高平的广袤原野，面临的洼地有可供灌溉的水流。北接陶朱公范蠡长眠的江陵，西接楚昭王当阳的坟丘。花和果实覆盖着原野，黍稷累累布满了田畴。这地方确实美，但不是我的故乡，竟不能让我短暂地居留。

生逢乱世到处迁徙流亡啊，长长地超过了一纪直到如今。念念不忘想着回家啊，这种忧思，谁能承受它的蚀侵。靠着栏杆遥望啊，面对北风敞开胸襟。地势平坦可极目远望啊，挡住视线的是那荆山的高岑。道路曲折而漫长啊，河水荡漾长而深。故乡阻隔令人心悲啊，涕泪纵横而难禁。从前孔丘在陈遭受厄运啊，发出归欤，归欤的哀吟。钟仪被囚弹出楚曲啊，庄舄显贵越免不了露出乡音。怀念故乡的感情人人相同啊，哪会因为穷困或显达而变心。

日月一天天过去啊，黄河水清不知要到何日。希望国家能统一平定啊，凭借大道可以施展自己的才力。担心有才能而不被任用啊，井淘干净了，却无人来取食。在楼上徘徊漫步啊，大阳将在西匿。萧瑟的风声从四处吹来啊，天暗淡而无色。兽惊恐四顾寻找伙伴啊，鸟惊叫着张开双翼。原野上静寂无人啊，远行的人匆匆赶路来停息。内心凄凉悲怆啊，哀痛伤感而凄侧。循着阶梯下楼啊，闷气郁结，填塞胸臆。到半夜难以入睡啊，惆怅难耐，辗转反侧。

登兹楼以四望兮，聊暇日以销忧。览斯宇之所处兮，实显敞而寡仇。挟清漳之通浦兮，倚曲沮之长洲。背坟衍之广陆兮，临皋隰之沃流。北弥陶牧，西接昭丘。华实蔽野，黍稷盈畴。虽信美而非吾土兮，曾何足以少留！

作者简介

曹植(公元 192—232 年),三国时魏诗人。字子建。他是曹操之妻卞氏所生第三子。曹植自幼颖慧,年 10 岁余,便诵读诗、文、辞赋数十万言,出言为论,下笔成章,深得曹操的宠信。曹操曾经认为曹植在诸子中"最可定大事",几次想要立他为太子。然而曹植行为放任,屡犯法禁,引起曹操的震怒,而他的兄长曹丕则颇能矫情自饰,终于在立储斗争中渐占上风,并于建安二十二年(公元 217 年)得立为太子。

建安二十五年,曹操病逝,曹丕继魏王位,不久又称帝。曹植的生活从此发生了根本性的改变。他从一个过着优游宴乐生活的贵公子,变成处处受限制和打击的对象。黄初七年(公元 226 年),曹丕病逝,曹睿继位,即魏明帝。曹睿对他仍严加防范和限制,处境并没有根本好转。曹植在文、明二世的 12 年中,曾被迁封过多次,最后的封地在陈郡,卒谥思,故后人称之为"陈王"或"陈思王"。

诗歌是曹植文学活动的主要领域。前期与后期内容上有很大的差异。前期诗歌可分为两大类,一类表现他贵介公子的优游生活,一类则反映他"生乎乱、长乎军"的时代感受。后期诗歌,主要抒发他在压制之下时而愤慨、时而哀怨的心情,表现他不甘被弃置,希冀用世立功的愿望。今存曹植比较完整的诗歌有 80 余首。曹植在诗歌艺术上有很多创新发展。特别是在五言诗的创作上贡献尤大。首先，汉乐府古辞多以叙事为主，至《古诗十九首》，抒情成分才在作品中占重要地位。曹植发展了这种趋向，把抒情和叙事有机地结合起来，使五言诗既能描写复杂的事态变化。又能表达曲折的心理感受，大大丰富了它的艺术功能。曹植作为建安文学的集大成者，对于后世的影响是不小的。在两晋南北朝时期，他被推尊到文章典范的地位。曹植生前自编过作品选集《前录》78 篇。

死后，明帝曹睿为之集录著作百余篇，《隋书·经籍志》著录有集 30 卷，又《列女传颂》1 卷、《画赞》5 卷。然而原集至北宋末散佚。今存南宋嘉定六年刻本《曹子建集》10 卷，辑录诗、赋、文共206 篇。

明代郭云鹏、汪士贤、张溥诸人各自所刻的《陈思王集》，大率据南宋本稍加厘定而成。清代丁晏《曹集铨评》、朱绪曾《曹集考异》，又对各篇细加校订，并增补了不少佚文句，为较全、较精的两个本子。近人黄节有《曹子建诗注》，古直有《曹植诗笺》，今人赵幼文有《曹植集校注》。

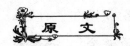

原文

洛神赋(并序)①

　　黄初三年②,余朝京师③,还济洛川④。古人有言,斯水之神⑤,名曰宓妃。感宋玉对楚王说神女之事⑥,遂作斯赋。其词曰:余从京域⑦,言归东藩⑧,背伊阙⑨,越轘辕⑩,经通谷⑪,陵景山⑫。日既西倾,车殆马烦⑬。尔乃税驾乎蘅皋⑭,秣驷乎芝田⑮,容与乎阳林⑯,流盼乎洛川⑰。于是精移神骇⑱,忽焉思散。俯则未察⑲,仰以殊观⑳。睹一丽人,于岩之畔。乃援御者而告之曰㉑:"尔有觌于彼者乎㉒? 彼何人斯,若此之艳也!"御者对曰:"臣闻河洛之神,名曰宓妃。然则君王之所见也,无乃是乎㉓? 其状若何? 臣愿闻之。"

　　余告之曰:其形也,翩若惊鸿,婉若游龙㉔,荣曜秋菊,华茂春松㉕。髣髴兮若轻云之蔽月㉖,飘飖兮若流风之回雪㉗。远而望之,皎若太阳升朝霞;迫而察之㉘,灼若芙蓉出渌波㉙。秾纤得中,修短合度㉚。肩若削成,腰如约素㉛。延颈秀项㉜,皓质呈露。芳泽无加,铅华弗御㉝。云髻峨峨,修眉连娟㉞。丹唇外朗㉟,皓齿内鲜。明眸善睐㊳,辅靥承权㊴。瓌姿艳逸㊵,仪静体闲㊶。柔情绰态㊷,媚于语言㊸。奇服旷世㊹,骨像应图㊺。披罗衣之璀粲兮㊻,珥瑶碧之华琚㊼。戴金翠之首饰,缀明珠以耀躯㊽。践远游之文履㊾,曳雾绡之轻裾㊿。

物华风清

微幽兰之芳蔼兮(51)，步踟蹰于山隅(52)。于是忽焉纵体(53)，以遨以嬉(54)。左倚采旄(55)，右荫桂旗(56)。攘皓腕于神浒兮(57)，采湍濑之玄芝(58)。

余情悦其淑美兮，心振荡而不怡(59)。无良媒以接欢兮(60)，托微波而通辞(61)。愿诚素之先达兮(62)，解玉佩以要之(63)。嗟佳人之信修兮(64)，羌习礼而明诗(65)。抗琼珶以和予兮(66)，指潜渊而为期(67)。执眷眷之款实兮(68)，惧斯灵之我欺(69)。感交甫之弃言兮(70)，怅犹豫而狐疑(71)。收和颜而静志兮(72)，申礼防以自持(73)。

于是洛灵感焉，徙倚彷徨(74)。神光离合(75)，乍阴乍阳(76)。竦轻躯以鹤立(77)，若将飞而未翔。践椒途之郁烈(78)，步蘅薄而流芳(79)。超长吟以永慕兮(80)，声哀厉而弥长(81)。

尔乃众灵杂遝(82)，命俦啸侣(83)。或戏清流，或翔神渚(84)。或采明珠，或拾翠羽(85)。从南湘之二妃(86)，携汉滨之游女(87)。叹匏瓜之无匹兮，咏牵牛之独处(88)。扬轻袿之猗靡兮(89)，翳修袖以延伫(90)。体迅飞凫(91)，飘忽若神。陵波微步(92)，罗袜生尘(93)。动无常则(94)，若危若安。进止难期(95)，若往若还。转盼流精(96)，光润玉颜(97)。含辞未吐(98)，气若幽兰(99)。华容婀娜(100)，令我忘餐。

是屏翳收风(101)，川后静波(102)。冯夷鸣鼓(103)，女娲清歌(104)。腾文鱼以警乘(105)，鸣玉銮以偕逝(106)。六龙俨其齐首(107)，载云车之容裔(108)。鲸鲵踊而夹毂(109)，水禽翔而为卫(110)。于是越北沚(111)，过南冈；纡素领，回清扬(112)；动朱唇以徐言(113)，陈交接之大纲(114)。

恨人神之道殊兮⑮，怨盛年之莫当⑯。抗罗袂以掩涕兮⑰，泪流襟之浪浪⑱。悼良会之永绝兮⑲，哀一逝而异乡。无微情以效爱兮⑳，献江南之明珰㉑。虽潜处于太阴㉒，长寄心于君王㉓。忽不悟其所舍㉔，怅神宵而蔽光㉕。

于是背下陵高㉖，足往神留㉗。遗情想像㉘，顾望怀愁。冀灵体之复形㉙，御轻舟而上溯㉚。浮长川而忘反㉛，思绵绵而增慕。夜耿耿而不寐㉜，沾繁霜而至曙㉝。命仆夫而就驾，吾将归乎东路。揽騑辔以抗策㉞，怅盘桓而不能去㉟。

注　释

①《文选》李善注引《记》称：曹植求甄逸女未遂，为曹丕所得。甄逸女被曹丕皇后郭氏谗死，曹植有感而作《感甄赋》。魏明帝改题为《洛神赋》。此说与史实、情理难合，不足信。此赋以幻觉形式，叙写人神相恋，终因人神道殊，含情痛别。或以为假托洛神，寄心文帝，抒发衷情不能相通的政治苦闷。全赋多方着墨，极力描绘洛神之美，生动传神。格调凄艳哀伤，辞采华茂。洛神，洛水女神，传为古帝宓（fú伏）羲氏之女宓妃淹死洛水后所化。

②黄初三年：应为黄初四年（公元 223 年）。据《三国志·魏书》曹植本传及《赠白马王彪》诗序，曹植于黄初四年朝京师。

③朝京师：到京城洛阳朝见魏文帝。

④济：渡。洛川：洛水。源出陕西，经洛阳，入黄河。

⑤斯：这。

⑥宋玉：见本书作者小传。神女之事：指宋玉《高唐赋》《神女赋》中所写楚庄王与神女相遇之事。

⑦京域:京城洛阳地区。

⑧言:发语词。东藩:指在洛阳东北的曹植封地鄄城。藩,诸侯为王室屏藩,故称藩国。

⑨背:背离,过而弃于后。伊阙:山名,在洛阳南,又名龙门山、阙塞山。

⑩轘环(huán 环)辕:山名,在今河南偃师市东南。

⑪通谷:谷名,在洛阳城南。

⑫陵:登上。景山:山名,在今河南偃师市。

⑬殆:通"怠",困顿。此指车行缓慢。烦:疲乏。

⑭尔乃:于是。税驾:停车。税,停。蘅皋:生长杜蘅香草的河岸。皋,河边高地。

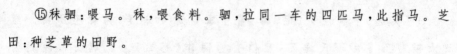

⑮秣驷:喂马。秣,喂食料。驷,拉同一车的四匹马,此指马。芝田:种芝草的田野。

⑯容与:徜徉,优游。阳林:地名,未详。

⑰流眄:转动目光观看。眄,一作"眄(miǎn 免)"。

⑱骇:散。

⑲察:看清。

⑳殊观:谓看到特殊景象。

㉑援:拉着。御者:驾马车的仆人。

㉒觌(dí 敌):见。

㉓是:这,代指洛神。

㉔"翩若"二句:写洛神如惊鸿翩翩,游龙婉婉,体态轻盈。

㉕"荣曜"二句:以秋菊的茂盛鲜艳和春松的华美繁盛比喻神女容光焕发。

㉖髣髴:同仿佛,忽隐忽显貌。

㉗飘飘(yáo 摇):飘动摇曳貌。回:旋转。以上二句写神女若隐若现,体态轻盈。

㉘迫:靠近。

㉙灼:鲜明。渌(lù 路):清澈。

㉚"秾(nóng 农)纤"二句:神女肥瘦高矮,恰到好处。秾,肥。纤,细瘦。中,适中。一作"衷",义同。修,长。

㉛约素:卷束的白绢。形容腰肢圆细。约,束在一起。

㉜延:长。颈、项:脖子。

㉝皓质:洁白的肤质。呈:显现。

㉞"芳泽"二句:不涂脂抹粉,纯任天然。芳泽,化妆用的膏脂。铅华,化妆用的粉。弗御,不用。

㉟峨峨:形容高。

㊱连娟:细长弯曲貌。

㊲丹:红色。朗:鲜明。

㊳眸:瞳子。睐(lài 赖):旁视。

㊴辅靥(yè 叶)承权:面颊上有美丽的酒窝。辅靥,应作"靥辅"。辅,通"酺",面颊。靥,酒窝。承权,谓酒窝在颧骨之下。承,上接。权,颧。

㊵瓌(guī 归):同"瑰",奇妙。

㊶仪:仪态。闲:娴雅。

㊷绰态:从容的姿态。

㊸媚:美好,指语言悦耳动听。

㊹旷世:举世所无。

㊺骨像:即骨相。应图:与相书中骨相好的图像相合。

㊻璀(cuǐ 崔上声)粲:鲜明亮丽。

㊼珥(ěr 耳)：此指佩戴。瑶碧：美玉。华琚(jū 居)：有花纹的玉佩。

㊽缀：点缀。

㊾践：穿着。远游：鞋名。文履：有文饰的鞋。

㊿曳：拖着。雾绡(xiāo 消)：轻纱。裾(jū 居)：衣襟。此指衣裙。

51微：指香气微通。芳蔼：芳香浓郁。

52踟蹰：徘徊。隅(yú 鱼)：角落。

53纵体：轻举身体。

54以遨以嬉：遨游嬉戏。

55采旄(máo 毛)：彩旗。旄，旄牛尾。此指旗杆上的装饰品。

56桂旗：用桂枝做旗杆的旗帜。

57攘：挽起衣袖。湆：水边。

58湍濑(tuān lài 团平声赖)：急流。玄芝：黑色的灵芝。

59怡：高兴。

60接欢：将喜爱之情传达给洛神。

61微波：水波。一说指目光。辞：言辞。

62诚素：真诚的心意。素，通"愫"，真情。

63要：通"邀"。

64信修：的确美好。修，美好。

65"羌习礼"句：指有文化教养。羌，发语词。

66抗：举。琼珶(dì 弟)：美玉名。和(hè 贺)：应答。

67潜渊：深渊，洛神的居处。期：约会。

68执：持。眷眷：留恋貌。款实：诚恳的心意。

69斯灵：指洛神。

70"感交甫"句：《文选》李善注引《神仙传》：郑交甫于江边遇仙

女，"目而挑之，女遂解佩与之。交甫行数步，空怀无佩，女亦不见"。弃言，指仙女背弃诺言。

⑦狐疑：迟疑不决。

⑦"收和颜"句：收敛笑容，安定心志。

⑦申：强调。礼防：礼法的约束。自持：自我控制。持，原作"恃"，误。

物华风清

⑦徙倚：流连徘徊。

⑦神光离合：神女的灵光聚散不定。

⑦乍阴乍阳：时暗时明。

⑦竦（sǒng 耸）：同"耸"。

⑦椒途：用椒泥涂饰的道路。椒，花椒。郁烈：香气浓烈。

⑦薄：草丛生。

⑧超：怅惘。永慕：深长地爱慕。

⑧弥长：久长。

⑧杂遝（tà 杳）：众多貌。

⑧命俦啸侣：呼朋唤侣。

⑧渚：水中高地。

⑧翠羽：翠鸟的羽毛。

⑧南湘之二妃：湘水女神，舜的二妃娥皇、女英。

⑧汉滨之游女：汉水女神。

⑧"叹匏（páo 袍）瓜"二句：匏瓜，星名，不与它星相接。牵牛，星名，与织女星隔天河相对而处。

⑧袿（guī 归）：女子上衣。猗（yǐ 倚）靡：轻柔飘忽貌。

⑨翳（yì 义）：遮蔽。延伫：久立。

⑨凫（fú 浮）：野鸭。

㉒陵波微步：在水波上碎步而行。陵，踏。

㉓罗袜生尘：神行无迹而人行有迹，疑此以神拟人，故云。

㉔常则：固定规则。

㉕难期：难以预期。

㉖转盼流精：转动双目，流光溢彩。盼，一作"眄"。精，即睛。

㉗光润玉颜：即玉颜光润。光润，鲜润。

㉘辞：话语。

㉙气：气息。

⑩华容：美丽的容貌。婀娜：体态轻盈美好。

⑪屏翳：风神名。

⑫川后：河神。

⑬冯（píng平）夷：河神名。

⑭女娲（wā蛙）：女神名。相传她曾炼石补天，又制造了笙簧。

⑮文鱼：传说中一种有翅会飞的鱼。警乘：警卫车驾。

⑯玉銮（luán峦）：玉制的鸾鸟形的车铃。偕逝：一起前驰。

⑰俨：庄重貌。齐首：并首，指驾车的六龙排列整齐。

⑱云车：神以云为车。容裔（yì义）：车行时起伏貌。

⑲鲸鲵（ní尼）：水栖哺乳动物，形体巨大，似鱼。雄性为鲸，雌性为鲵。踊：跳跃。毂（gǔ谷）：车轴，此代指车。

⑩卫：护卫。

⑪渚：水中小洲。

⑫"纡（yū迂）素领"二句：回头相视。纡，回。素领，白颈。清扬，眉目之间。此指清秀的眉目。

⑬朱：红色。

⑭陈：陈说。交接：结交往来。纲：指纲常礼法。

⑪殊：不同。

⑯"怨盛年"句：怨恨壮盛之年不能与君匹配。当，称心。

⑰抗：举。罗袂：罗袖。涕：眼泪。

⑱浪浪：泪流貌。

⑲良会：嘉会。

⑳微情：微末之情。效爱：表示爱慕。

㉑明珰（dāng当）：用明珠做成的耳坠。

㉒太阴：众神所居的幽深之处。此指洛神住处。

㉓君王：指曹植。

㉔不悟：不知道。其：指洛神。舍：止。

㉕宵：通"消"。蔽光：隐去形体的光彩。言神女形消光隐。

㉖背下陵高：离开低地，登上高处。陵，登。

㉗足往神留：脚已往前走了，而心神还留在那里。极写眷恋之情。

㉘遗情：留恋情思。想像：回想。

㉙"冀灵体"句：希望洛神再次显形。冀，希望。

㉚御：驾。溯：逆水而上。

㉛长川：长河，指洛水。反：通"返"。

㉜耿耿：心绪不定。寐：入睡。

㉝沾：浸湿。曙：天亮。

㉞骈扬（fēi飞）：驾车的服马外侧拉套的马。辔（pèi配）：马缰绳。

抗策：扬鞭。

㉟盘桓：徘徊不前。

27

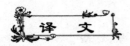

　　黄初三年,我去京师朝拜天子,回来时渡过洛水。传说洛水神灵的名字叫做伏妃(伏羲的小女儿,玩耍时淹死在洛水,死后被封为洛水之神)。于是就模仿宋玉将楚王遇见神女的故事写成《神女赋》,我也将这段经历写了下来,是这样的:

　　我从京城返回东方的封邑(鄄城)。翻过伊厥山,越过镮辕山,经过通谷,登上了景山。

　　这时已经是夕阳西下,车马都很疲乏了。于是在铺满香草的河岸上停下车,让马儿自由自在地在芝草田里吃草歇息。我在树林中安然悠闲地走着,放眼欣赏洛水美丽的景色。忽然,感到心神受到震撼,思绪飘到了远方。猛一抬头,看到一幅奇异景象:一个美如天仙的女子正在山崖之旁。于是忙拉住随从问道:"你看到那个女子了吗?她是谁啊?真是太美了!"随从回答:"臣听说洛水的神灵叫做伏妃,那么,君王见到的莫非是她么?她相貌如何?臣很想听听。"我说:"她长得体态轻盈柔美像受惊后翩翩飞起的鸿雁,身体健美柔曲像腾空嬉戏的游龙;容颜鲜明光彩像秋天盛开的菊花,青春华美繁盛如春天茂密的青松;行止若有若无像薄云轻轻掩住了明月,形像飘荡不定如流风吹起了回旋的雪花;远远望去,明亮洁白象是朝霞中冉冉升起的太阳,靠近观看,明丽耀眼如清澈池水中婷婷玉立的荷花;丰满苗条恰到好处,高矮胖瘦符合美感;肩部美丽像是削成一样,腰部苗条如一束纤细的白绢;脖颈细长,下颚美丽,白嫩的肌肤微微显露;不施香水,不敷脂粉;浓密如云的发髻高高耸立,修长的细眉微微弯曲;在明亮的丹唇里洁白的牙齿鲜明呈现;晶亮动人的眼眸顾盼多姿,两只美丽的酒窝儿隐现在脸颊;她姿态奇美,明艳高雅,仪容安静，体态娴淑；情态柔顺宽和妩媚，用语言难以形容；穿着奇特人间罕见，骨骼相貌像画中的仙女；她披着鲜丽明净的绫罗做的衣服，戴着雕刻华美的美玉做的耳环；黄金和翠玉作为配挂的首饰，点缀的稀世明珠照亮了美丽的容颜；她踏着绣着精美花纹的鞋子，拖着雾一样轻薄的纱裙，隐隐散发出幽幽兰香，在山边缓步徘徊；偶尔纵身跳跃，一边散步一边嬉戏；左面有彩旗靠在身边，右面有桂枝遮蔽阴凉；她正卷起衣袖将洁白细腻的臂腕探到洛水之中，采摘湍急河水中的黑色灵芝。"

　　我深深地爱慕上了她的贤淑和美丽，心情振荡，闷闷不乐。苦于没有好的媒人去传达爱慕之情，就用脉脉含情的眼光表达我的爱意，希望真挚的情感能先于别人向她表达，于是解下腰间的玉佩赠与她，表示要与她相约。她真是太完美了，不仅懂得礼仪而且通晓诗歌，她举起美玉与我应答，指着深深的潭水约定会面的日期。我心里充满真诚的依恋，惟恐美丽的神灵在欺骗；传说曾经有两位神女在汉水边赠白玉给郑交甫以定终身，却背弃信言顷刻不见了，于是我惆怅犹豫将信将疑，收敛了满心欢喜，镇定情绪，告戒自己要严守男女之间的礼仪来约束控制自己。

　　于是洛神受到了感动，低回徘徊，五彩神光忽隐忽现忽明忽暗，耸起轻灵的身躯像仙鹤一样欲飞还留。她徘徊于香气浓郁的生满椒兰的小路上，流连在散发着幽幽花香的杜衡丛中，怅然长吟抒发长久的思慕，声音悲哀凄厉持久不息。不久众多的神灵呼朋唤友会聚过来，有的在清澈的河水中嬉戏，有的在洛神常游的沙洲上翱翔，有的在河底采摘明珠，有的在岸边拾取美丽的羽毛。洛神由湘水的娥皇、女英跟随着，由水边漫游的汉水女神陪伴着，哀叹匏瓜星的孤零无匹，同情牵牛星的寂寞独居。她举起手臂用修长的衣袖遮蔽阳光扬首眺望,轻薄的上衣在阵阵清风中随风飘动。她行动轻盈象飞鸟一样,飘逸若神深不可测;在水波上细步行走,脚下生起蒙蒙水雾;行踪不定,喜忧不明;进退难料,欲去还留,眼波柔情流动,目光神采飞扬,爱情的喜悦润泽着美丽的面容;好象有许多话含在口中,气息中散发着幽幽兰香;她花容月貌羞涩柔美,深深地吸引着我而不知身在何处。

这时风神将风停下,水神让江波不再起伏,司阴阳神敲响了天鼓,女娲唱起了清亮的歌声;文鱼腾跃簇拥车乘,玉制鸾铃叮咚作响;六条龙齐头并进,载着云车缓缓而行;鲸鲵争相跳跃夹护车驾,水鸟穿梭飞翔殷勤护卫;于是洛神越过水中的岛屿,翻过南面的山岗,回转白皙的颈项,用清秀美丽的眉目看着我,启动朱唇,缓缓陈述无奈分离的大节纲常,痛恨人与神的境遇难同,苦怨青春爱情不遂人意,举起罗袖擦拭眼泪,而泪水不禁滚滚而下沾湿了衣裳;伤心美好的聚会将永远断绝,哀怨从此别离会天各一方。没有表示爱情的信物可以相赠,就将江南的名贵玉环送给我,"虽然隐居在天界,我会时常思念君王……"还没说完,忽然行迹隐去,神光消遁,我怅然若失。

于是我翻山越岭,上下追踪,寻找洛神遗留的足迹。洛神已去,情景犹在,四下寻找,凭添惆怅。我盼望洛神的影踪重新出现,于是驾起小船逆水而上,在长江之上任意漂泊不知回返,思念绵绵不绝,更增加思慕之情。夜晚,心神不安难以入睡,厚厚的晶霜沾满衣裳,直到天光大亮。无奈,命令仆夫起驾,继续我的归程。我揽住缰绳举起马鞭,在原地盘桓,久久不能离去。

文学常识丛书

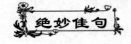

余情悦其淑美兮,心振荡而不怡。无良媒以接欢兮,托微波而通辞。

愿诚素之先达兮,解玉佩以要之。嗟佳人之信修兮,羌习礼而明诗。抗琼珶以和予兮,指潜渊而为期。执眷眷之款实兮,惧斯灵之我欺。感交甫之弃言兮,怅犹豫而狐疑。收和颜而静志兮,申礼防以自持。

作者简介

陶渊明(公元 365 年—427 年),晋宋时期诗人、辞赋家、散文家。一名潜,字元亮,私谥靖节。浔阳柴桑(今江西九江西南)人。陶渊明出生于一个没落的仕宦家庭。曾祖陶侃是东晋开国元勋,官至大司马,都督八州军事、荆江二州刺史,封长沙郡公。陶渊明的祖父作过太守,父亲早死,母亲是东晋名士孟嘉的女儿。陶渊明一生大略可分为三个时期。

第一时期,晋孝武帝太元十七年(公元 392 年)陶渊明 28 岁以前。由于父亲早死,他从少年时代就处于生活贫困之中。第二时期,学仕时期,从太元十八年他 29 岁到晋安帝义熙元年(公元 405 年)41 岁。第三时期,归田时期,从晋安帝义熙二年(公元 406 年)至宋文帝元嘉四年(公元 427 年)病故。归田后 20 多年,是他创作最丰富的时期。陶渊明今存诗歌共 125 首,计四言诗 9 首,五言诗 116 首。他的四言诗并不太出色。他的五言诗可大略分为两大类:一类是继承汉魏以来抒情言志传统而加以发展的咏怀诗,一类是几乎很少先例的田园诗。陶诗的艺术成就从唐代开始受到推崇,甚至被当作是"为诗之根本准则"。陶渊明死后 100 多年,萧统搜集他的遗文,区分编目,编定了《陶渊明集》8 卷,并亲自写序,作传。后来,北齐阳休之又在萧本基础上,增加了别本的《五孝传》和《四八目》,合序目为 10 卷本《陶潜集》。阳本隋末失其序目，为 9 卷本。此后，别本纷出，争欲凑成 10 卷，北宋时宋庠又重新刊定 10 卷本《陶潜集》，为陶诗最早刊本。以上各本都没有传下来。今能看到的最早版本是几种南宋至元初本。主要有：曾集诗文两册本，南宋绍熙三年刊，有清光绪影刻本；汲古阁藏 10 卷本，南宋刊，有清代影刻本；焦藏 8 卷本，南宋刊，有焦氏明翻本，今《汉魏七十二家集》中《陶集》5 卷亦即焦翻宋本。此外，还有宋刊《东坡先生和陶渊明诗》本和元刊苏写大字本等。最早为陶诗作注的是南宋汤汉。元以后注本、评本日增。元初刊本有李公焕《笺注陶渊明集》10 卷；常见有四部丛刊影印本。清代陶澍注《靖节先生集》10 卷，有家刊本及文学古籍刊行社排印本。近人古直《陶靖节诗笺》，有"隅楼丛书"本，"层冰堂五种"本，后者称为《陶靖节诗笺定本》。

物华风清

33

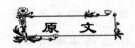

桃花源记①

　　晋太元中②,武陵人捕鱼为业③;缘溪行④,忘路之远近。忽逢桃花林,夹岸数百步,中无杂树,芳花鲜美⑤,落英缤纷⑥。

　　渔人甚异之。复前行,欲穷其林⑦。林尽水源⑧,便得一山。山有小口,仿佛若有光⑨。便舍船,从口入。初极狭,才通人⑩。复行数十步,豁然开朗。土地平旷,屋舍俨然⑪,有良田、美池、桑竹之属⑫,阡陌交通⑬,鸡犬相闻。其中往来种作,男女衣着,悉如外人⑭。黄发垂髫⑮,并怡然自乐。见渔人,乃大惊。问所从来,具答之⑯。便要还家⑰,设酒杀鸡作食。村中闻有此人,咸来问讯⑱。自云先世避秦时乱,率妻子邑人⑲,来此绝境⑳,不复出焉,遂与外人间隔。问今是何世,乃不知有汉,无论魏晋。此人一一为具言所闻,皆叹惋㉑。馀人各复延至其家㉒,皆出酒食。停数日,辞去。此中人语云:"不足为外人道也㉓。"

　　既出,得其船,便扶向路㉔,处处志之㉕。及郡下,诣太守说如此㉖。太守即遣人随其往,寻向所志,遂迷不复得路。南阳刘子骥㉗,高尚士也。闻之,欣然规往㉘,未果㉙,寻病终㉚。后遂无问津者㉛。

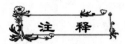

注　释

①本文原配有诗歌，多数学者认为作者作于晚年。记中虚构了一个没有战乱、剥削和贫穷，人们和乐相处、淳朴宁静的理想世界。文笔朴实明净。

②太元：晋孝武帝年号（公元 376—496 年）。

③武陵：郡名，治所在今湖南常德市西。

④缘：沿着。

⑤花：译作"草"。

⑥落英：落花。缤纷：纷繁凌乱貌。

⑦穷：尽。

⑧林尽水源：桃林尽处便是溪水的源头。

⑨仿佛：隐约。

⑩才通人：仅容一人通过。

⑪俨然：整齐貌。

⑫属：类。

⑬阡陌（qiān mò 千莫）：田间小路，南北为阡，东西为陌。交通：交错通接。

⑭悉：全。

⑮黄发：指老人。老年人发色由白转黄，故称。垂髫（tiáo 条）：指儿童。髫，小孩垂下来的头发。

⑯具：全。

⑰要：通"邀"。

⑱咸：全。讯：消息。

⑲妻子：妻室子女。邑人：同邑的人。邑，古代区域单位。《周礼·地

物华风清

官·小司徒》:"九夫为井,四井为邑。"

⑳绝境:与外界隔绝之地。

㉑叹惋:惊叹惋惜。

㉒延:请。

㉓"不足"句:不必告诉外人。

㉔扶:顺着。向路:先前进来时走的路。

㉕志:作标记。

㉖诣:到,拜见。

㉗南阳:郡名,治所在今河南南阳市。刘子骥:名骥之,字子骥,晋时著名隐士,好游山水。《晋书·隐逸传》有传。

㉘规往:计划前往。规,一作"亲"。

㉙未果:没有实现。

㉚寻:不久。

㉛问津:询问渡口。指寻访桃花源。

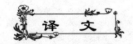

译文

东晋太元年间,有个武陵人以捕鱼为职业。有一天他顺着溪水划船走,忘记了路程的远近。忽然遇到一片桃花林,桃树夹着溪流两岸,长达几百步,中间没有别的树,地上香草鲜艳美丽,坠落的花瓣繁多交杂。渔人很惊异这种美景。再往前走,想走完那片桃林。

桃林在溪水发源的地方就没有了,紧接着就看见一座山,山上有个小洞口,里面好像有光亮。渔人就丢下小船,从洞口进去。开始洞口很窄,仅容一个人通过。又走了几十走,突然变得开阔敞亮了。这里土地平坦开阔,房屋整整齐齐,有肥沃的田地,美丽的池塘和桑树竹子之类。田间小路交错相通,村落间能听到鸡鸣狗叫的声音。那里面的人们来来往往耕田劳作,男女的穿戴完全像桃花源以外的世人。老人和小孩都悠闲愉快,自得其乐。

桃源中人看见渔人,于是很惊奇,问渔人从哪里来。(渔人)详尽地回答了他。他就邀请渔人到自己家里去,摆酒杀鸡做饭菜。村子里的人听说有这样一个人,都来打听消息。他们自己说前代祖先为了躲避秦朝时候的祸乱,带领妻子儿女和同乡人来到这处人世隔绝的地方,没有再从这里出去过,于是和桃花源以外的世人隔绝了。他们问现在是什么朝代,竟不知道有过汉朝,更不必说魏晋。这渔人一件件为他们详细说出自己知道的情况,那些人听罢都感叹惊讶。其他的人各自又邀请渔人到自己的家中,都拿出酒和饭菜来招待。渔人住了几天,告辞离去。这里的人告诉他说:"这里的情况不值得对桃花源以外的世人说啊。"

渔人出来后,找到了他的船,就沿着旧路回去,一路上处处作了标记。回到郡里,去拜见太守,报告了这些情况。太守立即派人跟着他前去,寻找先前做的标记,竟迷失了方向,没有再找到原来的路。

南阳刘子骥,是个高尚的名士,听到这件事,高高兴兴地计划前往。没有实现,不久病死了。后来就没有探访的人了。

37

绝妙佳句

林尽水源,便得一山,山有小口,仿佛若有光。便舍船,从口入。初极狭,才通人。复行数十步,豁然开朗。土地平旷,屋舍俨然,有良田美池桑竹之属。阡陌交通,鸡犬相闻。其中往来种作,男女衣着,悉如外人。黄发垂髫并怡然自乐。

作者简介

鲍照(约公元 412—446 年),字明远,东海郯(今山东郯城县)人。南朝宋著名的文学家。

鲍照少时家世贫贱,曾从事农耕。诚如自己所言:"臣田茅下第,质非谢品"(《谢永安令解禁止启》),但他志向远大,喜读诗书,"十五讽《诗》《书》,篇翰靡不通。弱冠参多士,飞步游秦宫,侧睹君子论,预见古人风……"(《拟古》之二)。由于生不逢时,一生湮滞坎坷,宿志难遂。魏晋以后,门阀制度盛行,当时的国家政权完全为高门士族所把持,众多的寒门学子只能终身寒滞困顿,至多只能当一些品位低下、躬勤遮务的"浊官"。像鲍照这样出身微寒的知识分子,其命运更是悲惨。

宋文帝元嘉十六年(公元 439 年),26 岁的鲍照进谒当时为江州刺史的临川王刘义庆,但未见知。鲍照进而希望用贡诗言志的方法,在刘义庆面前展露自己出众的才志,不断却因此遭到了别人的鄙薄,被告诫说:"卿位尚卑,不可轻忤大王。"这激起了鲍照的强烈不满。他勃然言道:"千载上有英才异于沉没而不闻者安可数哉!大丈夫岂可遂蕴智能,使兰艾不辨,终日碌碌与燕雀相随乎?"(《南史》本传)此次贡诗言志终被刘义庆幕下供职。刘义庆死后,他又在始兴王府中担任了同样的职务,直到元嘉末年。宋孝武帝为了削弱合阁大臣的权力,维护自己的独裁统治,开始

重用自己身边一些寒门出身的近臣。鲍照于孝武帝考建初年(公元454年)任海虞令,继官迁太学博士,兼中书舍人,入侍孝武帝。不久因不甘屈节邀宠而被贬为秣陵令、永嘉令。武帝大明六年(公元462年)以后,鲍照为临海王荆州刺史刘子顼前军参军,常知内命。泰始二年(公元466年),晋安王刘子勋称帝,子顼举兵响应,兵败,鲍照在荆州被乱兵所杀。

鲍照才高人微,处于森严的门阀等级制度下,长时期受压迫的遭遇和因人地寒微而受到的歧视和冷遇,使他对当时种种不平的社会现象有了深刻的认识。因此,他在自己的文学作品中反映现实的深度、广度都超过了同时期的作家。他的作品,主要是反映劳动人民的痛苦,以及对世族制度的评击,这是鲍照文学作品的特点。

鲍照的作品,散失的很多。现存的文章诗赋等都收集在《鲍参军集》一书中。书中收赋10篇,表、疏、启、书、颂、铭等27篇,乐府86篇,诗及联句113篇。《拟行路难十八首》是其著名的代表作,例如第六篇《对案不能食》写道:

"对案不能食,拔剑击柱长太息。

丈夫生世会几时,还家自休息。

朝出与亲辞,暮还在亲侧。

弄儿床前戏,看妇机中织。

自古圣贤尽贫贱,何况我辈孤且直!"

这激愤的诗句抒发了诗人对命运的感慨,强烈地抨击了黑暗的社会现实,流露了诗人的失意和痛苦,也表现了他的不屈和抗争。

鲍照后期的作品,凄凉哀痛的情调十分突出,出现了大量晦冥肃杀的景象。著名的《芜城赋》是最具代表性的一篇。该赋极力对比刻写了广陵昔日之繁荣与今日之荒凉,暴露了封建统治阶级屠城暴行,风格新颖。

鲍照的文学成就甚至超过了谢灵运和颜延之,成为"元嘉三大家"之一。他能诗赋,擅长乐府,尤工于七言歌行。其诗骨气刚健,笔力遒劲,辞藻华丽,语言精炼。他既着意选字炼句与节拍之和谐,且能摆脱纤弱颓靡之影响。音节激昂铿锵,感情强烈奔放,杜甫誉为"俊逸鲍参军",可当之无愧。鲍照的七言乐府,继承了汉魏风骨的优良传统,在思想性和艺术性上都取得了很高的成就,对我国七言诗的发展作出了一定贡献。其风格和形式对李白、岑参等人都有很大影响。

原文

登大雷岸与妹书

吾自发寒雨，全行日少，加秋潦浩汗[1]，山溪猥至[2]，渡泝无边[3]，险径游历，栈石星饭[4]，结荷水宿[5]，旅客贫辛，波路壮阔[6]，始以今日食时[7]，仅及大雷。涂登千里[8]，日逾十晨[9]，严霜惨节，悲风断肌[10]，去亲为客，如何如何！

向因涉顿，凭观川陆[11]；遨神清渚，流睇方曛[12]；东顾五州之隔，西眺九派之分[13]；窥地门之绝景[14]，望天际之孤云。长图大念[15]，隐心者久矣[16]！南则积山万状，负气争高[17]，含霞饮景[18]，参差代雄，淩跨长陇[19]，前后相属，带天有匝[20]，横地无穷[21]。东则砥原远隰[22]，亡端靡际[23]。寒蓬夕捲[24]，古树云平。旋风四起，思鸟群归。静听无闻，极视不见。

北则陂池潜演[25]，湖脉通连。苎蒿攸积[26]，菰芦所繁[27]。栖波之鸟，水化之虫，智吞愚，彊捕小[28]，号噪惊聒[29]，纷乎其中，西则回江永指[30]，长波天合[31]。滔滔何穷，漫漫安竭！创古迄今，舳舻相接[32]。思尽波涛，悲满潭壑[33]。烟归八表，终为野尘[34]。而是注集，长写不测[35]，修灵浩荡[36]，知其何故哉！西南望庐山，又特惊异。

基压江潮[37]，峰与辰汉相接[38]。上常积云霞，雕锦缛[39]。若华夕曜[40]，岩泽气通[41]，传明散綵[42]，赫似绛天[43]。左右青霭[44]，表里紫霄[45]。从岭而上，气尽金光[46]；半山以下，纯为黛色[47]。信可以

神居帝郊㊽，镇控湘、汉者也。若潨洞所积㊾，溪壑所射㊿，鼓怒之所豗击(51)，涌澓之所宕涤(52)，则上穷获浦(53)，下至狶洲(54)；南薄燕(55)，北极雷淀(56)，削长埤短(57)，可数百里。其中腾波触天，高浪灌日(58)，吞吐百川，写泄万壑。轻烟不流，华鼎振涾(59)。弱草朱靡(60)，洪涟陇蹙(61)。散涣长惊(62)，电透箭疾(63)。穹溘崩聚(64)，坻飞岭复(65)。回沫冠山(66)，奔涛空谷(67)。砧石为之摧碎(68)，碕岸为之落(69)。仰视大火(70)，俯听波声，愁魄胁息(71)，心惊慓矣(72)！至于繁化殊育(73)，诡质怪章(74)，则有江鹅、海鸭、鱼鲛、水虎之类(75)，豚首、象鼻、芒须、针尾之族(76)，石蟹、土蚌、燕箕、雀蛤之俦(77)，折甲、曲牙、逆鳞、返舌之属(78)。掩沙涨(79)，被草渚(80)，浴雨排风，吹涝弄翮(81)。夕景欲沈，晓雾将合，孤鹤寒啸(82)，游鸿远吟，樵苏一叹(83)再泣(84)。诚足悲忧，不可说也。

风吹雷飙(85)，夜戒前路(86)。下弦内外(87)，望达所届(88)。寒暑难适，汝专自慎，夙夜戒护(89)，勿我为念。恐欲知之，聊书所睹。临涂草蹙(90)，辞意不周。

注 释

①秋潦：秋雨。浩汗，大水浩浩无边的样子。

②猥（wěi 委）：多。猥至，指秋雨后山溪水多流入江。

③泝（sù 素）：同“溯”，逆流而上。

④栈石：指在险绝的山路上搭木为桥而过。栈，小桥。

⑤结荷：结起荷叶为屋。水宿：歇宿在水边。亦言行旅之苦况。

⑥波路：水路。

⑦日食时：即午饭时。《汉书·淮南王安传》："（上）使为《离骚传》，旦受诏，日食时上。"

⑧涂：道路。登，走；行进。

⑨骱：即"逾"，越过。两句谓已走了千里路，过了十天。按自建康至大雷岸，实际上行程不足千里。这里是约数。

⑩惨：疼痛。这里用作动词。节：关节。

⑪涉顿：徒步过水曰"涉"。住宿歇息称"顿"。

⑫遨神：骋目娱怀。清渚：清流中的洲渚。流睇：转目斜视。曛：黄昏。

⑬五洲：长江中相连的五座洲渚。《水经注·江水》："（轪县故城）城在山之阳，南对五洲也。江中有五洲相接，故以五洲为名。"九派：指江州（今九江）所分的九条水。又因之称流经江州附近的长江。郭璞《江赋》：流九派乎浔阳。"

⑭地门：即武关山。《河图括地象》云："武关山为地门，上与天齐。"

⑮长图大念：即宏图大志。

⑯隐心：动心。

⑰负气：恃着气势。

⑱含霞：映衬着鲜艳的朝霞。饮景：闪射着灿烂的阳光。景，太阳。

⑲凌（líng 灵）：亦作"凌"，逾越。陇，田梗。

⑳带：这里用作动词，即"围起"之意。匝（zā 扎）环绕一周。

㉑横地：指群山横亘大地。

㉒砥：磨刀石。隰（xí 席）：低下之地。

㉓亡（wù 无）：通"无"。靡：没有。

㉔寒蓬夕捲：蓬草遇风则飞旋捲去。

㉕陂（pí 皮）池：水塘。潜演：潜流。演，长长的水流。

㉖苧（zhù 柱）蒿：苧麻和蒿草常生水边。攸积：所积。

㉗菰(gū 姑):俗称"茭白"。

㉘彊:同"强"。

㉙惊聒(guō 郭):惊扰嘈杂。

㉚回江:曲折的江水。永指,永远流向远方。

㉛天合:与天相连。

㉜舳舻(zhú lú 逐卢):船尾和船头。

㉝壑(huò 或):山谷。

㉞八表:八方以外极远的地方。野尘:天地间的尘埃。两句语本《庄子·逍遥游》:"野马也,尘埃也,生物之以息相吹也。"有幻灭无常之想。

㉟写:同"泻"。

㊱修灵浩荡:语出《离骚》:"怨灵修之浩荡兮。"修灵,指河神。

㊲基:山基。

㊳辰汉:星辰天汉。

㊴雕锦绣:形容云霞的绮丽绚烂。

㊵若华:若木之花。《淮南子·坠形训》:"若木在建木西,末有十日,其华照下地。"此指霞光。

㊶气通:雾岚连成一片。

㊷传明:闪射光明。

㊸赫:火光红艳。绛:大红色。

㊹霭:烟气。

㊺紫霄:庐山高峰名。

㊻气尽:烟岚散尽。

㊼黛色:青苍色。

㊽神居帝郊:神仙、天帝的居处。

㊾潨(zhōng 忠):小水汇入大水。洞:疾流。

(50)溪壑：山谷间溪水。

(51)豗(huī 灰)：相击。

(52)澓(fú 伏)：洄流。宕涤：摇荡；激荡。

(53)荻浦，长满芦的水滨。

(54)狶(xī 希)洲：野猪出没的荒洲。狶，同“豨”，猪。

(55)薄：迫近，“派”的本字，水分流处。

(56)淀：浅湖。

(57)削长埤(pí 皮)短：意谓对众多河流湖泊加以削长补短。埤，增益。

(58)高浪灌日：形容波浪翻腾之高。

(59)涾(tà 沓)：水沸溢。

(60)朱：同“株”，株干。这里指草茎。靡：披靡，倒伏。

(61)蹙(cù 促)：追近。句谓大水迫近田陇。

(62)散涣：波浪崩散。涣，水盛貌。

(63)透、疾：均指迅速。

(64)穹溘(kè 客)浪峰。穹，高大。溘，水花。

(65)坻(dǐ 底)：河岸。复：倒复。

(66)回沫：回迸的水花飞沫。冠山：谓水势逾山。

(67)空谷：扫空山谷。空，用作动词。

(68)砧(zhēn 真)石：河边的碛衣石。

(69)碕(qí 奇)岸：弯曲的河岸。(jí 跻)落：变成碎末飞落，切成细末的腌菜。

(70)大火：星名。即心宿二。

(71)愁魄：因发愁而动魂魄。胁息，屏住呼吸。胁，通“翕”，敛缩。

(72)慓(piào 票)：迅速。

(73)繁化殊育：指各种生物的繁殖蕃衍。

⑦诡质:奇异的躯体。怪章:怪诞的外表。

⑦江鹅:《本草》引《释名》:"鸥者浮水上,轻漾如沤也,在海者名海鸥,在江者名江鸥,江夏人讹为江鹅也。"海鸭:《金楼子》:"海鸭大如常鸭,斑白文,亦谓之文鸭。"鱼鲛:《山海经》:"荆山,漳水出焉,东南流,注于睢。其中多鲛鱼。"注:"鲛,鲋鱼类也,皮有珠文而坚,尾长三四尺,末有毒,螫人。"水虎:《襄沔记》:"沔水中有物,如三四岁小儿,甲如鳞鲤、秋曝沙上,膝头如虎掌爪,常没水,名曰水虎。"

⑦豚首:郭璞《江赋》:"鱼则江豚海狶。"注:"《临海水土记》曰:"海狶(猪),豕头(豚首)、身长九尺。"象鼻:《北史》云:"真腊国有鱼名建同,四足无鳞,鼻如象,吸水上喷,高五六十丈。"芒须:王隐《交广记》:"吴置广州,以滕修为刺史,或语修,虾须长一丈,修不信,其人后至东海,取虾须长四丈四尺,封以示修,修乃服之。"针尾:据《山海经》注云,鲛鱼"尾长三四尺,末有毒,螫人。"

⑦石蟹:《蟹谱》:"明越溪涧石穴中,亦出小蟹,其色赤而坚,俗呼为石蟹。"土蚌:《说文》:"蚌,蜃属,老产珠者也,一名含浆。"燕箕:《兴化县志》:"魟鱼头圆秃如燕,其身圆褊如簸箕,又曰燕魟鱼。"雀蛤:《礼记》:"季秋之月,雀入大水为蛤。"

⑦折甲:鳖,甲鱼。《宁波志》:"鳖形如复斗,其壳坚硬,腰间横纹一线,软可屈摺,每一屈一行。"曲牙:《函史》引《物性志》:"形似石首鱼,三牙如铁锯。"逆鳞:王旻之《与琅琊太守许诚言书》:"贵郡临沂县,其沙村逆鳞鱼,可调药物。逆鳞鱼仙经谓之肉芝。"返舌:《释文》:"反舌,蔡伯喈云:虾蟆。"以上"江鹅"至"返舌"等十六种水生动物,有的实有其物,有的是神话传说中的名称,故难一一考实。

⑦沙涨:沙滩。

⑧被:此处意为躲避。

⑧吹唠:吐着水。弄翮(hé 核):搜理毛羽。翮,羽毛。

⑧寒啸:哀鸣。

⑧樵苏:樵夫。苏,取草。

⑧舟子:船夫。以上四句,暗示自己"去亲为客"的悲凉情怀。

⑧飙:风暴。

⑧戒:提防。前路:前途。

⑧下弦:月亮亏缺下半的形状。指二十三、四日。《诗经·小雅·天保》孔颖达《正义》云:"至十五、十六日,月体满。""从此后渐亏,至二十三日、二十四日,亦正半在,谓之下弦。"

⑧届:至。

⑧夙(sù 素)夜:早晚。

⑨涂:同"途"。蹙:急促。

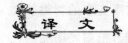

47

译　文

我冒着寒冷的秋雨出发,整个行程很少见到阳光,加上积在地上的秋雨到处充溢,山谷的溪水猝然猛涨,在无边无际的水面上渡江,在险绝的山路上行走,在栈道上顶着星星吃饭,在用荷叶作遮蔽的水边露宿。旅途贫困艰辛,水路遥远,直到今天晚饭时分,才到达大雷。自出发至今,路程走了千里,时间超过十天。严霜刺骨透凉,悲风冻裂肌肤。离别亲人作了异地的游客,内心多么忧伤!

　　刚才因为得到暂时的休歇,便登高眺望山川,留意水中小洲,放眼傍晚景色。东望五洲阻隔,西见九派分流。见地门落日余辉,望天际孤云飘浮,想得很远很深,忧郁惆怅的心情久久不能平静。看南面:攒聚的群山千姿万态,各凭意气比个高低。山峰吞吐云霞,吸饮阳光,高低错综,争呈雄姿,凌空跨越在连绵的山陇之上,前后相连。

　　山脉环绕天边形成一周,横亘在大地上绵延无穷。看东面:坦荡的平原和辽阔的低洼地带无边无际,黄昏中蓬草被寒风吹得卷伏了,天边的老树跟低垂的暮云齐平。旋风四起,思归的鸟雀成群地飞回巢中。仔细听,听不到人声;尽力看,看不见人影。

　　看北面:池水暗通,江湖相连,是芋麻、蒿草、茭白、芦苇充积繁殖的地方。水鸟鱼儿,聪敏的吃掉愚笨的,凶猛的捕捉弱小的,惊忧喧闹,充满湖泽中。看西面:曲折的江水长流远去,长波和天际相接,滔滔江水哪是尽头?漫漫江流怎会枯竭!这条大江之上,从古到今,船只首尾相接。

　　面对着这眼前的江水,悲伤惆怅的思绪充塞了波涛潭壑。云烟散入四方,终将变成雾气尘埃,自己的悲思也随之消散,但是江水将流注汇集到大海中去,奔流不息,不知终极。神灵漠然无知,能明白其中的缘故吗!

　　向西南方眺望庐山,匡庐的雄姿特别令人惊奇。山脚镇锁着长江、鄱湖,峰顶似与群星银河相接。山上常年披着云霞,就像用五彩的锦缛装饰了一般。在夕阳的照耀下,山林水泽的雾气交融在一起,把阳光明亮的色彩传散到各处,庐山红得像绛红色的云天一样。山的左右是淡青色的云气,后面衬托着深蓝色的天空。山腰以上,一片灿烂金光;山腰以下,全是青黑颜色。庐山的确像天神处于帝郊一样,是一座可以镇守控扼湘江、汉水的名山啊!

　　至于小水汇聚起的急流,从山谷冲刷而下的飞瀑,疾风掀起的东突西撞的怒涛,翻腾激荡的回旋水流,上通长满芦苇的水滨,下到野猪出没的荒洲,南近飞燕翔集的支流,北达大雷岸边的浅泽。削长补短,这块地方大约有几百里见方。这一带江面,奔腾的波涛拍击云天,高大的浪头冲向太阳。它容蓄排泄了百川万壑的流水。水面轻烟停浮不动,烟下波浪滚滚,就像水在华丽的鼎中沸腾,衰弱的野草被淹没,巨大的波浪汇聚。浪花四处惊飞,像电光和飞箭一样疾速闪过。巨浪忽而跌落忽而涌起,好像小岛飞腾、山岭倾覆。回旋的浪花飞溅山头,奔腾的波涛将山谷冲刷一空,大块的石头被浪头击碎,曲折江岸的泥土被冲得像粉末一样落下。仰观南天的大火星,俯听江上的波涛声,真令人惊心动魄,屏声息气,心胆俱骇啊!

至于说到各种为天地所化育,呈现出奇异体形和奇特花纹的动物,那么就有江鹅、海鸭、鱼鲛、水虎之类的水鸟鱼类,有豚首、象鼻、芒须、针尾之类的水生动物,有石蟹、土蚌、燕箕、雀蛤等水族,有坼甲、曲牙、逆鳞、返舌一类的怪物。它们或以沙丘为掩蔽,或藏身在野草覆盖的小洲上,它们顶风冒雨,或吞吐江水,或举翼弄翅。

夕阳快西下,暮色将四合,孤鹤在寒风中唳叫,游鸿在远处长吟,砍柴的、打草的、划船的人都为之叹泣。这景像确实令人忧伤,难以表述。

狂风迅疾猛烈,夜间不能行船赶路。大概在二十三日前后可望到达目的地。天气忽冷忽热难以适应,你务必小心留意,早晚多保重身体,莫要把我牵挂。恐怕你想知道我的情况,姑且写下这些所见到的景象。旅途匆匆,草此一信,言不尽意。

夕景欲沈,晓雾将合,孤鹤寒啸,游鸿远吟,樵苏一叹,舟子再泣。诚足悲忧,不可说也。

49

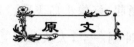

原　文

芜城赋

沵迆平原①，南驰苍梧涨海②，北走紫塞雁门③。柂以漕渠④，轴以昆岗⑤。重关复江之奥⑥，四会五达之庄⑦。当昔全盛之时，车挂轊⑧，人驾肩⑨；廛闬扑地⑩，歌吹沸天⑪。孳货盐田⑫，铲利铜山⑬，才力雄富，士马精妍⑭。故能侈秦法⑮，佚周令⑯，划崇墉⑰，刳濬洫⑱，图修世以休命⑲。是以板筑雉堞之殷⑳，井幹烽橹之勤㉑，格高五岳㉒，袤广三坟㉓，崪若断岸㉔，矗似长云㉕。制磁石以御冲㉖，糊赪壤以飞文㉗。观基扃之固护㉘，将万祀而一君㉙。出入三代㉚，五百余载，竟瓜剖而豆分㉛。

泽葵依井㉜，荒葛罥涂㉝。坛罗虺蜮㉞，阶斗麏鼯㉟。木魅山鬼㊱，野鼠城狐，风嗥雨啸，昏见晨趋。饥鹰砺吻㊲，寒鸱吓雏㊳。伏暴藏虎㊴，乳血飧肤㊵。崩榛塞路，峥嵘古馗㊶。白杨早落，寒草前衰。稜稜霜气㊷，蔌蔌风威㊸。孤篷自振㊹，惊沙坐飞。灌莽杳而无际㊺，丛薄纷其相依㊻。通池既已夷㊼，峻隅又已颓㊽。直视千里外，唯见起黄埃。凝思寂听，心伤已摧。

若夫藻扃黼帐㊾，歌堂舞阁之基；璇渊碧树㊿，弋林钓渚之馆(51)；吴蔡齐秦之声(52)，鱼龙爵马之玩(53)；皆薰歇烬灭，光沉响绝(54)。东都妙姬，南国佳人，蕙心纨质，玉貌绛唇(55)，莫不埋魂幽石，委骨穷尘(56)。岂忆同辇之愉乐。离宫之苦辛哉(57)？

天道如何，吞恨者多。抽琴命操㊳，为芜城之歌。歌曰：

边风急兮城上寒，井径灭兮丘陇残㊴。千龄兮万代，共尽兮何言。

注　释

①泝迤(míyǐ 迷以)：地势相连渐平的样子。

②苍梧：汉置郡名，治所即今广西梧州市。涨海：即南海。

③紫塞：指长城。《文选》李善注："崔豹《古今注》曰：秦所筑长城，土皆色紫。汉塞亦然，故称紫塞。"雁门：秦置郡名，在今山西西北。以上两句谓广陵南北通极远之地。

④柂(duò 舵)：拖引。漕渠：古时运粮的河道。这里指古邗沟，即春秋时吴王夫差所开，自今江都西北至淮安三百七十里的运河。

⑤轴：车轴。昆岗：亦名阜岗、昆仑岗、广陵岗，广陵城在其上(见《太平御览》卷 169 引《郡国志》)。句谓昆岗横贯广陵城下，如车轮轴心。

⑥"重关"句：谓广陵城为重重叠叠的江河关口所遮蔽。奥，隐蔽深邃之地。

⑦"四会"句：谓广陵有四通八达的大道。《尔雅·释宫》："五达谓之康，六达谓之庄。"

⑧辖(wèi 卫)：车轴的顶端。挂辖，即车轴头互相碰撞。

⑨驾：陵；相迫。以上两句写广陵繁华人马拥挤的情况。

⑩廛闬(chán 缠 hàn 翰)扑地：遍地是密匝匝的住宅。廛，市民居住的区域。闬，间，里门。扑地，即遍地。

⑪歌吹：歌唱及吹奏。

⑫孳：蕃殖。货：财货。盐田：《史记》记西汉初年，广陵为吴王刘濞所

都。刘曾命人煮海水为盐。

⑬铲利：开采取利。铜山：产铜的山。刘濞曾命人开采郡内的铜山铸钱。以上两句谓广陵有盐田铜山之利。

⑭精妍：指士卒训练有素而装备精良。

⑮侈：轶；超过。

⑯佚：超越。此两句谓刘濞据广陵，一切规模制度都超过秦、周。

⑰划崇墉（yōng 拥）：谓建造高峻的城墙。划，剖开。

⑱刳（kū 枯）濬（jùn 俊）洫（xù 旭）：凿挖深沟。刳，凿。濬，深。洫，沟渠。

⑲"图修"句，谓图谋长世和美好的天命。休，美好。

⑳板筑：以两板相夹，中间填土，然后夯实的筑墙方法。这里指修建城墙。雉堞：女墙。城墙长三丈高一丈称一雉；城上凹凸的墙垛称堞。殷，大；盛。

㉑井幹（hán 寒）：原指井上的栏圈，此谓筑楼时木柱木架交叉的样子。烽：烽火。古时筑城，以烽火报警。橹：望楼。此谓大规模地修筑城墙，营建烽火望楼。

㉒格：格局，这里指高度。五岳：指东岳泰山、西岳华山、南岳衡山、北岳恒山、中岳嵩山。

㉓袤（mào 茂）广：南北间的宽度称袤，东西的广度称广。三坟，说法不一。此似指《尚书·禹贡》所说兖州土黑坟，青州土白坟，徐州土赤埴坟。坟为"隆起"之意。土黏曰"埴"。以上三州与广陵相接。

㉔崒（zú 族）：危险而高峻。断岸：陡削的河岸。

㉕矗（chù 触）：耸立。此两句形容广陵城的高峻和平齐。

㉖御冲：防御持兵器冲进来的歹徒。《御览》卷183引《西京记》："秦阿房宫以磁石为门，怀刃入者辄止之。"

㉗赪(chēng 称):红色。飞文:光彩相照。此谓墙上用红泥糊满光彩焕发。

㉘基扃(jiǒng 迥):即城阙。扃,门上的关键。固护:牢固。

㉙万祀:万年。

㉚出入:犹言经历。三代,指汉、魏、晋。

㉛瓜剖、豆分:以瓜之剖、豆之分喻广陵城崩裂毁坏。

㉜泽葵:莓苔一类植物。

㉝葛:蔓草,善缠绕在其他植物上。罥(juàn 倦):挂绕。涂:即"途"。

㉞坛:堂中。罗:罗列,布满。虺(huǐ 悔):毒蛇。蜮(yù 育):相传能在水中含沙射人的动物,形似鳖。一名短狐。

㉟麇(jūn 均):獐。似鹿而体形较小。鼯(wú 吾),鼯鼠。长尾,前后肢间有薄膜,能飞,昼伏夜出。

㊱木魅:木石所幻化的精怪。

㊲砺:磨。吻:嘴。

㊳鸱(chī 痴):鹞鹰。吓:怒叫声,恐吓声。

㊴暴:猛兽。

㊵乳血:饮血。飡肤:食肉。

㊶馗(kúi 葵):同"逵",大路。

㊷稜稜:严寒的样子。

㊸蔌(sù 速)蔌:风声劲急貌。

㊹振:拔;飞。

㊺灌莽:草木丛生之地。杳(yǎo 咬):幽远。

㊻丛薄:草木杂处。

㊼通池:城濠,护城河。夷:填平。

㊽峻隅:城上的角楼。

物华风清

㊾藻扃:彩绘的门户。黼(fú 福)帐:绣花帐。

㊿璇渊:玉池。璇:美玉。

51弋(yì 益):用系着绳子的箭射鸟。

52吴、蔡、齐、秦之声:谓各地聚集于此的音乐歌舞。

53鱼龙爵马:古代杂技的名称。爵,通"雀"。

54"皆薰"两句:谓玉树池馆以及各种歌舞技艺,都毁损殆尽。薰,花草香气。

55蕙:兰蕙。开淡黄绿色花,香气馥郁。蕙心,芳心。纨:丝织的细绢。纨质,丽质。

56委:弃置。穷:尽。

57同辇(niǎn 捻):古时帝王命后妃与之同车,以示宠爱。离宫:即长门宫。为失宠者所居。两句紧接上文,谓美人既无得宠之欢乐,亦无失宠之忧愁。

58抽:取。命操:谱曲。命,名。操,琴曲名。作曲当命名。

59井径:田间的小路。丘陇:坟墓。

 译文

地势辽阔平坦的广陵郡,南通苍梧、南海,北趋长城雁门关。前有漕河萦迴,下有昆岗横贯。周围江河城关重叠,地处四通八达之要冲。当年吴王刘濞在此建都的全盛之时,街市车轴互相撞击,行人摩肩,里坊密布,歌唱吹奏之声喧腾沸天。吴王靠开发盐田繁殖财货,开采铜山获利致富。使广陵人力雄厚,兵马装备精良。所以能超过秦代的法度,逾越周代的规定。筑高墙,挖深沟,图谋国运长久和美好的天命。所以大规模地修筑城墙,辛勤地营建备有烽火的望楼。使广陵城高与五岳相齐,宽广与三坟连接。城

墙若断岸一般高峻,似长云一般耸立。用磁铁制成城门以防歹徒冲入,城墙上糊红泥以焕发光彩。看城池修筑得如此牢固,总以为会万年而永属一姓,哪知只经历三代,五百多年,竟然就如瓜之剖、豆之分一般崩裂毁坏了。

莓苔环井边而生,蔓蔓野葛长满道路。堂中毒蛇、短狐遍布,阶前野獐、鼯鼠相斗。木石精灵、山中鬼怪,野鼠城狐,在风雨之中呼啸,出没于晨昏之际。饥饿的野鹰在磨砺尖嘴,寒冷的鹞子正怒吓着小鸟。伏着的野兽、潜藏的猛虎,饮血食肉。崩折的榛莽塞满道路,多阴森可怕的古道。白杨树叶早已凋落,离离荒草提前枯败。劲锐严寒的霜气,疾厉逞威的寒风,孤蓬忽自扬起,沙石因风惊飞。灌木林莽幽远而无边无际,草木杂处缠绕相依。护城河已经填平,高峻的角楼也已崩塌。极目千里之外,唯见黄尘飞扬。聚神凝听而寂无所有,令人心中悲伤之极。

至于彩绘门户之内的绣花帐,陈设豪华的歌舞楼台之地;玉池碧树,处于射弋山林、钓鱼水湾的馆阁;吴、蔡、齐、秦各地的音乐之声,各种技艺耍玩;全都香消烬灭,光逝声绝。东都洛阳的美姬、吴楚南方的佳人,芳心丽质,玉貌朱唇,没有一个不是魂归于泉石之下,委身于尘埃之中。哪里还会回忆当日同辇得宠的欢乐,或独居离宫失宠的痛苦?

天运真难说,世上抱恨者何其多!取下瑶琴,谱一首曲,作一支芜城之歌。歌词说:广陵的边风急啊飒飒城上寒,田间的小路灭啊荒墓尽摧残,千秋啊万代,人们同归于死啊还有什么可言!

绝妙佳句

泽葵依井,荒葛胃涂。坛罗虺蜮,阶斗麏鼯。木魅山鬼,野鼠城狐,风嗥雨啸,昏见晨趋。饥鹰砺吻,寒鸱吓雏。伏暴藏虎,乳血飡肤。崩榛塞路,峥嵘古馗。白杨早落,寒草前衰。棱棱霜气,蓛蓛风威。孤篷自振,惊沙坐飞。灌莽杳而无际,丛薄纷其相依。通池既已夷,峻隅又已颓。直视千里外,唯见起黄埃。凝思寂听,心伤已摧。

作者简介

　　王勃(公元 649 年—675 年),唐代诗人。字子安。绛州龙门(今山西河津)人。王勃与杨炯、卢照邻、骆宾王以诗文齐名,并称"王杨卢骆",亦称"初唐四杰"。王勃的祖父王通是隋末著名学者,号文中子。父亲王福历任太常博士、雍州司功等职。王勃才华早露,未成年即被司刑太常伯刘祥道赞为神童,向朝廷表荐,对策高第,授朝散郎。乾封初(公元 666 年)为沛王李贤征为王府侍读,两年后因戏为《檄英王鸡》文,被高宗怒逐出府。随即出游巴蜀。咸亨三年(公元 672 年)补虢州参军,因擅杀官奴当诛,遇赦除名。其父亦受累贬为交趾令。上元二年(公元 675 年)或三年(公元 676 年),王勃南下探亲,渡海溺水,惊悸而死。

　　王勃的文学主张崇尚实用,当时文坛盛行以上官仪为代表的诗风,"争构纤微,竞为雕刻""骨气都尽,刚健不闻",王勃"思革其弊,用光志业"(杨炯《王勃集序》)。他创作"壮而不虚,刚而能润,雕而不碎,按而弥坚"的诗文,对转变风气起了很大作用。王勃的诗今存 80 多首,赋和序、表、碑、颂等文,今存 90 多篇。王勃的文集,较早的有 20 卷、30 卷、27 卷三种本子,皆不传。

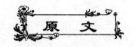

滕王阁序

豫章故郡①,洪都新府②。星分翼轸③,地接衡庐④。襟三江而带五湖⑤,控蛮荆而引瓯越⑥。物华天宝,龙光射牛斗之墟⑦;人杰地灵,徐孺下陈蕃之榻⑧。雄州雾列,俊采星驰⑨。台隍枕夷夏之交,宾主尽东南之美。都督阎公之雅望,棨戟遥临⑩;宇文新州之懿范,襜帷暂驻⑪。十旬休假,胜友如云⑫;千里逢迎,高朋满座。腾蛟起凤,孟学士之词宗⑬;紫电青霜,王将军之武库⑭。家君作宰,路出名区,童子何知,躬逢胜饯。

时维九月,序属三秋⑮。潦水尽而寒潭清,烟光凝而暮山紫。俨骖䮃于上路,访风景于崇阿。临帝子之长洲,得天人之旧馆⑯。层台耸翠,上出重霄;飞阁翔丹,下临无地。鹤汀凫渚,穷岛屿之萦回;桂殿兰宫,即冈峦之体势。披绣闼,俯雕甍:山原旷其盈视,川泽纡其骇瞩。闾阎扑地,钟鸣鼎食之家⑰;舸舰迷津,青雀黄龙之轴⑱。云销雨霁,彩彻区明⑲。落霞与孤鹜齐飞,秋水共长天一色。渔舟唱晚,响穷彭蠡之滨⑳;雁阵惊寒,声断衡阳之浦㉑。

遥襟甫畅,逸兴遄飞。爽籁发而清风生㉒,纤歌凝而白云遏㉓。睢园绿竹㉕,气凌彭泽之樽㉖;邺水朱华㉗,光照临川之笔㉘。四美具,二难并㉙。穷睇眄于中天,极娱游于暇日。天高地迥,觉宇宙之无穷;兴尽悲来,识盈虚之有数。望长安于日下㉚,目吴会于云间㉛。地势极而南溟深，天柱高而北辰远㉜。关山难越，谁悲失路之人；沟水相逢，尽是他乡之客。怀帝阍而不见㉝，奉宣室以何年㉞。嗟乎！时运不齐，命途多舛；冯唐易老㉟，李广难封㊱。屈贾谊于长沙，非无圣主㊲；窜梁鸿于海曲，岂乏明时㊳。所赖君子见机㊴，达人知命㊵。老当益壮㊶，宁移白首之心；穷且益坚，不坠青云之志㊷。酌贪泉而觉爽㊸，处涸辙而相欢㊹。北海虽赊，扶摇可接㊺；东隅已逝，桑榆非晚㊻。孟尝高洁，空余报国之情㊼；阮籍猖狂，岂效穷途之哭㊽！

勃，三尺微命㊾，一介书生。无路请缨，等终军之弱冠㊿；有怀投笔，爱宗悫之长风(51)。舍簪笏于百龄(52)，奉晨昏于万里(53)。非谢家之宝树(54)，接孟氏之芳邻(55)。他日趋庭，叨陪鲤对(56)；今兹捧袂，喜托龙门(57)。杨意不逢，抚凌云而自惜(58)；钟期相遇，奏流水以何惭(59)。呜呼！胜地不常，盛筵难再；兰亭已矣(60)，梓泽丘墟(61)。临别赠言，幸承恩于伟饯；登高作赋，是所望于群公。敢竭鄙怀，恭疏短引；一言均赋，四韵俱成。请洒潘江，各倾陆海云尔(62)。

注　释

①豫章：滕王阁在今江西省南昌市。南昌，为汉豫章郡治。

②洪都：汉豫章郡，唐改为洪州，设都督府。

③星分翼轸（zhěn 枕）：古人习惯以天上星宿与地上区域对应，称为“某地在某星之分野”。据《晋书·天文志》，豫章属吴地，吴越扬州当牛斗二星的分野，与翼轸二星相邻。翼、轸，星宿名，属二十八宿。

④衡庐：衡，衡山，此代指衡州（治所在今湖南省衡阳市）。庐，庐山，此

代指江州(治所在今江西省九江市)。

⑤三江:泛指长江中下游的江河。五湖:南方大湖的总称。

⑥蛮荆:古楚地,今湖北、湖南一带。瓯越:古越地,即今浙江地区。古东越王建都于东瓯(今浙江省永嘉县)。

⑦物华二句:据《晋书·张华传》,晋初,牛、斗二星之间常有紫气照射,据说是宝剑之精,上彻于天。张华命人寻找,果然在丰城(今江西省丰城县,古属豫章郡)牢狱的地下,掘出龙泉、太阿二剑。后这对宝剑入水化为双龙。

⑧徐孺句:据《后汉书·徐稚传》,东汉名士陈蕃为豫章太守,不接宾客,惟徐稚来访时,才设一睡榻,徐稚去后又悬置起来。徐孺,徐孺子的省称。徐孺子名稚,东汉豫章南昌人,当时隐士。

⑨寀:通"寀",官吏。

⑩都督:掌管督察诸州军事的官员,唐代分上、中、下三等。阎公:名未详。棨(qǐ 启)戟:外有赤黑色缯作套的木戟,古代大官出行时用。这里代指仪仗。

⑪宇文新州:复姓宇文的新州(在今广东境内)刺史,名未详。襜(chā 挿)帷:车上的帷幕,这里代指车马。

(12)十旬休假:唐制,十日为一旬,遇旬日则官员休沐,称为"旬休"。假通"暇",空闲。

⑬腾蛟起凤:《西京杂记》:"董仲舒梦蛟龙入怀,乃作《春秋繁露》。"又:"扬雄著《太玄经》,梦吐凤凰集《玄》之上,顷而灭。"孟学士:名未祥。

⑭紫电青霜:《古今注》:"吴大皇帝(孙权)有宝剑六,二曰紫电。"《西京杂记》:"高祖(刘邦)斩白蛇剑,刃上常带霜雪。"王将军:名未详。

⑮三秋:古人称七、八、九月为孟秋、仲秋、季秋,三秋即季秋,九月。

⑯帝子、天人:都指滕王李元婴。

文学常识丛书

⑰闾阎：里门，这里代指房屋。钟鸣鼎食：古代贵族鸣钟列鼎而食。

⑱舸(gě 葛)：《方言》："南楚江、湘，凡船大者谓之舸。"青雀黄龙：船的装饰形状。轴：通"舳(zhú 竹)"，船尾把舵处，这里代指船只。

⑲彩：虹。彻：通贯。

⑳彭蠡：古大泽名，即今鄱阳湖。

物华风清

㉑衡阳：今属湖南省，境内有回雁峰，相传秋雁到此就不再南飞，待春而返。

㉒甫：方才。

㉓爽籁：管子参差不齐的排箫。

㉔白云遏：形容音响优美，能驻行云。《列子·汤问》："薛谭学讴于秦青，未穷青之技，自谓尽之，遂辞归。秦青弗止，饯于郊衢。抚节悲歌，声振林木，响遏行云。"

61

㉕睢(suī 虽)园绿林：睢园，即汉梁孝王菟园。《水经注》："睢水又东南流，历于竹圃……世人言梁王竹园也。"

㉖彭泽：县名，在今江西湖口县东。陶渊明曾官彭泽县令，世称陶彭泽。樽：酒器。陶渊明《归去来兮辞》有"有酒盈樽"之句。

㉗邺水：在邺下(今河北省临漳县)。邺下是曹魏兴起的地方。朱华：荷花。曹植《公宴诗》："秋兰被长坂，朱华冒绿池。"

㉘光照句：临川，郡名，治所在今江西省抚州市。这里指代谢灵运。谢曾任临川内史，《宋书》本传称他"文章之美，江左莫逮"。

㉙四美：指良辰、美景、赏心、乐事。二难：指贤主、嘉宾难得。

㉚望长安句：《世说新语·夙惠》："晋明帝数岁，坐元帝膝上。有人从长安来，元帝因问明帝：'汝意谓长安何如日远？'答曰：'日远，不闻人从日边来，居然可知。'元帝异之。明日集群臣宴会，告以此意，更重问之，乃答曰：'日近。'元帝失色曰：'尔何故异昨日之言邪？'答曰：'举目见日，不见长

安'。"

㉛吴会:吴郡,治所在今江苏省苏州市。云间:江苏松江县(古华亭)的古称。《世说新语·排调》:陆云(字士龙)华亭人,未识荀隐,张华使其相互介绍而不作常语,"云因抗手曰:'云间陆士龙。'"

㉜天柱:《神异经》:"昆仑之山,有铜柱焉。其高入天,所谓天柱也。"北辰:《论语·为政》:"为政以德,譬如北辰,居其所而众星共(拱)之。"

㉝帝阍(hūn 昏):天帝的守门人。屈原《离骚》:"吾令帝阍开关兮,倚阊阖而望予。"

㉞奉宣室句:贾谊迁谪长沙四年后,汉文帝复召他回长安,于宣室中问鬼神之事。宣室,汉未央宫正殿,为皇帝召见大臣议事之处。

㉟冯唐易老:《史记·冯唐列传》:"(冯)唐以孝著,为中郎署长,事文帝。……拜唐为车骑都尉,主中尉及郡国车士。七年,景帝立,以唐为楚相,免。武帝立,求贤良,举冯唐。唐时年九十余,不能复为官。"

㊱李广难封:李广,汉武帝时名将,多次与匈奴作战,军功卓著,却始终未获封爵。

㊲屈贾谊句:贾谊在汉文帝时被贬为长沙王太傅。圣主:指汉文帝。

㊳窜梁鸿句:梁鸿,东汉人,因得罪章帝,避居齐鲁、吴中。明时:指章帝时代。

㊴君子见机:《易·系辞下》:"君子见几(机)而作。"

㊵达人知命:《易·系辞上》:"乐天知命故不忧。"

㊶老当益壮:《后汉书·马援传》:"丈夫为志,穷当益坚,老当益壮。"

㊷青云之志:《续逸民传》:"嵇康早有青云之志。"

㊸酌贪泉句:据《晋书·吴隐之传》,廉官吴隐之赴广州刺史任,饮贪泉之水,并作诗说:"古人云此水,一歃怀千金。试使(伯)夷(叔)齐饮,终当不易心。"贪泉,在广州附近的石门,传说饮此水会贪得无厌。

文学常识丛书

㊹处涸辙：《庄子·外物》有鲋鱼处涸辙的故事。涸辙比喻困厄的处境。

㊺北海二句：语意本《庄子·逍遥游》。

㊻东隅二句：《后汉书·冯异传》："失之东隅，收之桑榆。"东隅，日出处，表示早晨。桑榆，日落处，表示傍晚。

㊼孟尝二句：孟尝字伯周，东汉会稽上虞人。曾任合浦太守，以廉洁奉公著称，后因病隐居。桓帝时，虽有人屡次荐举，终不见用。事见《后汉书·孟尝传》。

㊽阮籍二句：阮籍，字嗣宗，晋代名士。《晋书·阮籍传》：籍"时率意独驾，不由径路。车迹所穷，辄恸哭而反。"

㊾三尺：指幼小。

㊿无路二句：据《汉书·终军传》，终军字子云，汉代济南人。武帝时出使南越，自请"愿受长缨，必羁南越王而致之阙下"，时仅二十余岁。等，相同，用作动词。弱冠，古人二十岁行冠礼，表示成年，称"弱冠"。

(51)投笔：用汉班超投笔从戎的故事，事见《后汉书·班超传》。爱宗悫（què 却）句：宗悫字元干，南朝宋南阳人，年少时向叔父自述志向，云"愿乘长风破万里浪"。事见《宋书·宗悫传》。

(52)簪笏（hù 户）：冠簪、手版。官吏用物，这里代指官职地位。百龄：百年，犹"一生"。

(53)奉晨昏：《礼记·曲礼上》："凡为人子之礼……昏定而晨省。"

(54)非谢家句：《世说新语·言语》："谢太傅（安）问诸子侄'子弟亦何预人事，而正欲使其佳？'诸人莫有言者。车骑（谢玄）答曰：'譬如芝兰玉树，欲使其生于庭阶耳。"

(55)接孟氏句：据说孟轲的母亲为教育儿子而三迁择邻，最后定居于学官附近。事见刘向《列女传·母仪篇》。

㊱他日二句：《论语·季氏》："（孔子）尝独立，（孔）鲤趋而过庭。（子）曰：'学诗乎？'对曰：'未也。''不学诗，无以言。'鲤退而学诗。他日，又独立，鲤趋而过庭。（子）曰：'学礼乎？'对曰：'未也。''不学礼，无以立。'鲤退而学礼。"鲤，孔鲤，孔子之子。

㊲捧袂（mèi 妹）：举起双袖，表示恭敬的姿势。喜托龙门：《后汉书·李膺传》："膺以声名自高，士有被其容接者，名为登龙门。"

㊳杨意二句：据《史记·司马相如列传》，司马相如经蜀人杨得意引荐，方能入朝见汉武帝。又云："相如既奏《大人》之颂，天子大悦，飘飘有凌云之气。"杨意，杨得意的省称。凌云，指司马相如作《大人赋》。

㊴钟期二句：《列子·汤问》："伯牙善鼓琴，钟子期善听。伯牙鼓琴……志在流水，钟子期曰：'善哉！洋洋兮若江河。'"钟期，钟子期的省称。

㊵兰亭：在今浙江省绍兴市附近。晋穆帝永和九年（公元353年）三月三日上巳节，王羲之与群贤宴集于此，行修禊礼，祓除不祥。

㊶梓泽：即晋石崇的金谷园，故址在今河南省洛阳市西北。

㊷请洒二句：钟嵘《诗品》："陆（机）才如海，潘（岳）才如江。"

译文

　　这里是过去的豫章郡，如今是洪州的都督府，天上的方位属于翼，轸两星宿的分野，地上的位置连结着衡山和庐山。以三江为衣襟，以五湖为衣带、控制着楚地，连接着闽越。物类的精华，是上天的珍宝，宝剑的光芒直冲上牛、斗二星的区间。人中有英杰，因大地有灵气，陈蕃专为徐孺设下几榻。雄伟的洪州城，房屋像雾一般罗列，英俊的人才，像繁星一样的活跃。城池座落在夷夏交界的要害之地，主人与宾客，集中了东南地区的英俊之才。都督阎公，享有崇高的名望，远道来到洪州坐镇，宇文州牧，是美德的楷模,赴任途中在此暂留。正逢十日休假的日子,杰出的友人云集,高贵的宾客,也都不远千里来到这里聚会。文坛领袖孟学士,文章的气势像腾起的蛟龙,飞舞的彩凤,王将军的武库里,刀光剑影,如紫电、如清霜。由于父亲在交趾做县令,我在探亲途中经过这个著名的地方。我年幼无知,竟有幸亲身参加了这次盛大的宴会。

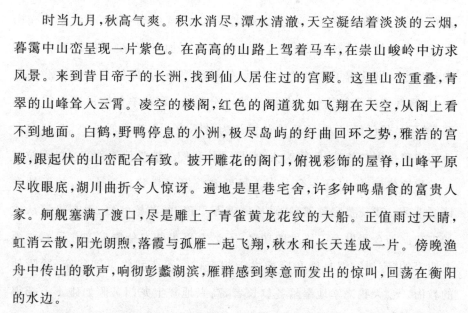

时当九月,秋高气爽。积水消尽,潭水清澈,天空凝结着淡淡的云烟,暮霭中山峦呈现一片紫色。在高高的山路上驾着马车,在崇山峻岭中访求风景。来到昔日帝子的长洲,找到仙人居住过的宫殿。这里山峦重叠,青翠的山峰耸入云霄。凌空的楼阁,红色的阁道犹如飞翔在天空,从阁上看不到地面。白鹤,野鸭停息的小洲,极尽岛屿的纡曲回环之势,雅浩的宫殿,跟起伏的山峦配合有致。披开雕花的阁门,俯视彩饰的屋脊,山峰平原尽收眼底,湖川曲折令人惊讶。遍地是里巷宅舍,许多钟鸣鼎食的富贵人家。舸舰塞满了渡口,尽是雕上了青雀黄龙花纹的大船。正值雨过天晴,虹消云散,阳光朗照,落霞与孤雁一起飞翔,秋水和长天连成一片。傍晚渔舟中传出的歌声,响彻彭蠡湖滨,雁群感到寒意而发出的惊叫,回荡在衡阳的水边。

放眼远望,胸襟刚感到舒畅,超逸的兴致立即兴起,排箫的音响引来的徐徐清风,柔缓的歌声吸引住飘动的白云。像睢园竹林的聚会,这里善饮的人,酒量超过彭泽县令陶渊明,像邺水赞咏莲花,这里诗人的文采,胜过临川内史谢灵运。(音乐与饮食,文章和言语)这四种美好的事物都已经齐备,(良展美景,尝心乐事)这两个难得的条件也凑合在一起了,向天空中极目远眺,在假日里尽情欢娱。苍天高远,大地寥廓,令人感到宇宙的无穷无尽。欢乐逝去,悲哀袭来,我明白了兴衰贵贱都由命中注定。西望长安,东指吴会,南方的陆地已到尽头,大海深不可测,北方的北斗星多么遥远,天柱高不可攀。关山重重难以越过,有谁同情不得志的人?萍水偶尔相逢,大家都是异乡之客.怀念着君王的宫门,但却不被召见,什么的候才能够去侍奉君王呢?

呵,各人的时机不同,人生的命运多有不顺。冯唐容易衰老,李广难得封侯。使贾谊遭受委屈,贬于长沙,并不是没有圣明的君主,使梁鸿逃匿到齐鲁海滨,难道不是政治昌明的时代?只不过由于君子安于贫贱,通达的人知道自己的命运罢了。年纪虽然老了,但志气应当更加旺盛,怎能在白头时改变心情?境遇虽然困苦,但节操应当更加坚定,决不能抛弃自己的凌云壮志。即使喝了贪泉的水,心境依然清爽廉洁;即使身处于干涸的主辙中,胸怀依然开朗愉快。北海虽然十分遥远,乘着羊角旋风还是能够达到,早晨虽然已经过去,而珍惜黄昏却为时不晚。孟尝君心地高洁,但白白地怀抱着报国的热情,阮籍为人放纵不羁,我们怎能学他那种穷途的哭泣!

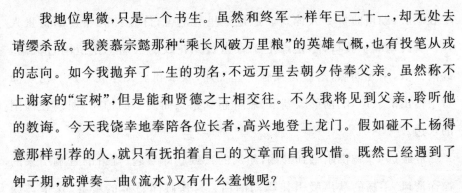

我地位卑微,只是一个书生。虽然和终军一样年已二十一,却无处去请缨杀敌。我羡慕宗悫那种"乘长风破万里粮"的英雄气概,也有投笔从戎的志向。如今我抛弃了一生的功名,不远万里去朝夕侍奉父亲。虽然称不上谢家的"宝树",但是能和贤德之士相交往。不久我将见到父亲,聆听他的教诲。今天我饶幸地奉陪各位长者,高兴地登上龙门。假如碰不上杨得意那样引荐的人,就只有抚拍着自己的文章而自我叹惜。既然已经遇到了钟子期,就弹奏一曲《流水》又有什么羞愧呢?

绝妙佳句

遥襟甫畅,逸兴遄飞。爽籁发而清风生,纤歌凝而白云遏。睢园绿竹,气凌彭泽之樽;邺水朱华,光照临川之笔。四美具,二难并。穷睇眄于中天,极娱游于暇日。天高地迥,觉宇宙之无穷;兴尽悲来,识盈虚之有数。望长安于日下,指吴会于云间。地势极而南溟深,天柱高而北辰远。关山难越,谁悲失路之人?萍水相逢,尽是他乡之客。怀帝阍而不见,奉宣室以何年?

物华风清

作者简介

　　白居易(公元 772 年—846 年),字乐天,号香山居士,下邽(今陕西省渭南县境)人。贞元十五年(公元 798 年)进士,任翰林学士,左拾遗。因直言极谏,贬江州司马,移忠州刺史。后被召为主客郎中,知制诰。太和年间,任太子宾客及太子少傅。会昌二年(公元 842 年),以刑部尚书致仕,死时年 75 岁。

　　杜甫而后,白居易是我国古代一位杰出的现实主义诗人。他所生活的七十多年里,正是安史之乱后各种矛盾冲突急剧发展的时期,也正是唐朝走向衰微的时期。错综复杂的社会现实,在白居易诗中得到了较全面的反映。今存白居易诗近三千首,数量之多在唐代诗人中首屈一指。他的成就,主要表现在两个方面:一是政治讽喻诗;一是以《长恨歌》《琵琶行》为代表的长篇叙事诗。前者把当时社会病态的症结所在,几乎全部呈露在他的笔底。后者则有着曲折离奇、自具首尾的细致的情节描写,和完整而鲜明的人物形象的塑造。在语言和音调上又显得特别得流畅匀称,优美和谐。这是一种新型的诗,当时号称“千字律诗”,流传极广,正如宣宗李忱所说:“童子解吟长恨曲,胡儿能唱琵琶篇”。著有《白氏长庆集》七十一卷。

文学常识丛书

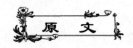

冷泉亭记

东南山水，余杭郡为最②。就郡言③，灵隐寺为尤④。由寺观⑤，冷泉亭为甲⑥。亭在山下⑦，水中央，寺西南隅。高不倍寻⑧，广不累丈⑨，而撮奇得要⑩，地搜胜概⑪，物无遁形⑫。

春之日，吾爱其草薰薰⑬，木欣欣⑭，可以导和纳粹⑮，畅人血气⑯。夏之夜，吾爱其泉渟渟⑰，风泠泠⑱，可以蠲烦析酲⑲，起人心情⑳。山树为盖㉑，岩石为屏，云从栋生㉒，水与阶平㉓。坐而玩之者，可濯足于床下㉔；卧而狎之者㉕，可垂钓于枕上。矧又潺湲洁澈㉖，粹冷柔滑㉗。若俗士，若道人㉘，眼耳之尘，心舌之垢，不待盥涤㉙，见辄除去㉚。潜利阴益㉛，可胜言哉㉜！斯所以最余杭而甲灵隐也㉝。

杭自郡城抵四封㉞，丛山复湖，易为形胜。先是㉟，领郡者㊱，有相里君造作虚白亭㊲，有韩仆射皋作候仙亭㊳，有裴庶子棠棣作观风亭㊴，有卢给事元辅作见山亭㊵，及右司郎中河南元藇最后作此亭㊶。于是五亭相望，如指之列㊷，可谓佳境殚矣㊸，能事毕矣㊹。后来者虽有敏心巧目，无所加焉。故吾继之㊺，述而不作㊻。

长庆三年八月十三日记㊼。

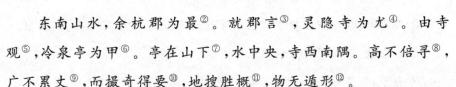
物华风清

注 释

①冷泉亭:在今浙江杭州市西湖飞来峰下。

②余杭郡:唐时即称杭州,治所在今浙江杭州市西。

③就郡言:谓就余杭郡的山水而言。

④灵隐寺:在今浙江杭州市西湖西北灵隐山麓,飞来峰东。尤:突出。

⑤由寺观:谓从灵隐寺的风景来看。

⑥为甲:数第一。

⑦山:指灵隐山。

⑧寻:古以八尺为一寻。倍寻:两寻,合古尺一丈六尺。

⑨累(lěi):重叠。不累丈:即不到两丈。

⑩撮奇:聚集奇景。得要:获得要领。

⑪胜概:优美的山水。

⑫物无遁形:谓在亭上看灵隐景物,一览无遗。"物",指景物。"遁形",隐藏形态,指山水草木被遮蔽而看不见。

⑬薰薰:草木的香气。

⑭木:树木。欣欣:生气蓬勃的样子。

⑮导和纳粹:谓引导人们心情平和,吸取纯洁的养分。"粹",精米,此喻精神滋养。

⑯畅人血气:谓令人血气畅快。

⑰泉:指冷泉。渟渟(tíng):水止不流动的样子。

⑱泠泠(líng):形容风清凉。

⑲蠲(juān):消除。析酲(chéng):解酒,使头脑清醒。

⑳起:启发,振足。

㉑益:伞。

文学常识丛书

㉒栋：指亭梁。

㉓阶：指亭的台阶。

㉔床：喻亭似床。

㉕狎(xiá)：亲昵，亲近。

㉖矧(shěn)：况且。潺湲(chán yuán)：水流的样子。洁澈：水洁净清澈。

㉗粹冷：形容水清凉。柔滑：形容水感。

㉘道人：指修行出家的僧侣道徒。

㉙盥(guàn)：浇水洗手。盥涤：洗涤干净。

㉚见辄除去：谓看见冷泉亭水，便把眼耳心舌的尘垢都清除掉了。

㉛潜利阴益：谓冷泉亭给人的好处，有许多并不显露于表面，即指上述对人们思想情操的熏陶。

㉜可胜言：岂能说尽。

㉝"斯所以"句：谓这就是冷泉亭风景在余杭郡最好，在灵隐寺列第一的原因。

㉞杭：指杭州，即余杭郡。四封：余杭郡四边疆界。

㉟先是：在此之前。

㊱领郡者：担任杭州刺史的。

㊲相里君造：姓相里，名造，曾任杭州刺史。"君"，对士大夫的一种敬称。

㊳韩仆射皋：韩皋，字仲闻，曾任杭州刺史，历官东都留守，镇海军及忠武军节度使，检校尚书左仆射。

㊴裴庶子棠棣：裴棠棣，曾任杭州刺史，官至太子庶子。

㊵卢给事元辅：卢元辅，字子望，曾任杭州刺史，官至兵部侍郎、给事中。

㊶元藇：河南（今河南洛阳）人，在白居易之前任杭州刺史，当时任右司

郎中员外郎。此亭：即指冷泉亭。

㊷指：手指。

㊸殚（dān）：尽。

㊹能事：指从事山水胜境构筑的能力。

㊺继之：继元藇后为杭州刺史。

㊻述而不作：谓记述其事而不再构筑这类亭子。"作"，创造。

㊼长庆三年：唐穆宗即位第三年，公元823年。

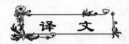

东南地区的山水胜景，余杭郡的最优；在郡里，灵隐寺最突出；寺庙中，冷泉亭第一。冷泉亭筑在灵隐山下面，石门涧中央，灵隐寺西南角。它高不到两寻，宽不逾两丈，但是这里集中了最奇丽的景色，包罗了所有的美景，没有什么景物可以走漏的。春天，我爱它的草香薰薰，林树欣欣，在这里可以吐纳于清新空气之中，令人气血舒畅。夏夜，我爱它泉水轻流，清风凉爽，在这里可以消去烦恼，解除酒困，令人心旷神怡。山上的树林是亭子的大伞，四周的岩石是亭子的屏障。云生于亭梁之间，水漫到亭阶之上。你坐着玩赏，可用床下清泉洗脚；你卧着玩赏，可在枕上垂竿钓鱼。又加清澈的潺潺涧水，不息地缓缓在眼下流过。不论你是个凡夫俗子，或者是位佛门中人，你看到的听到的邪恶门道，你想着的要说的肮脏念头，不待那清泉洗涤，见了这里的景致，就会一下子全部消亡。这种无形中能获得的益处，哪能给你说得完！所以我说：冷泉亭，是余杭郡最优美的地方、灵隐寺第一的去处啊！

余杭郡从郡城到四郊，山连山、湖连湖，有极多风景秀美的地方。过去在这里做太守的人，有位相里君，筑了虚白亭；仆射韩皋，筑候仙亭；庶子斐棠棣,筑观风亭;给事卢元辅,筑见山亭;右司郎中河南人元藇,最后筑了这个冷泉亭。这样,五亭相互可以望见,像五个手指并列一样。可以说,全郡的美景都在这些地方了,要筑的亭子已经全筑好了。后来主持郡政的人,虽然有巧妙的心思和眼光,再要加什么也加不上了,所以我继承他们到这里以后,只是整修亭子,不再添造新的。

长庆三年八月十三日记。

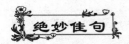

东南山水,余杭郡为最;就郡言,灵隐寺为尤;由寺观言,冷泉亭为甲。亭在山下,水中央,寺西南隅。高不倍寻,广不累丈,而撮奇得要,地搜胜概,物无遁形。春之日,我爱其草薰薰,木欣欣,可以导和纳粹,畅人血气。夏之夜,我爱其泉渟渟,风泠泠,可以蠲烦析酲,起人心情。山树为盖,岩山为屏,云从栋生,水与阶平,坐而玩之者可濯足于床下,卧而狎之者可垂钓于枕上。矧又潺湲洁沏,粹冷柔滑,若俗士,若道人,眼耳之尘,心舌之垢,不待盥涤,见辄除去,潜利阴益,可胜言哉!斯所以最余杭而甲灵隐也。

作者简介

柳宗元,唐代文学家、哲学家,唐宋八大家之一。字子厚。祖籍河东(今山西永济),后迁长安(今陕西西安),世称柳河东。因官终柳州刺史,又称柳柳州。与韩愈共同倡导唐代古文运动,并称韩柳。

柳宗元出身官宦家庭,少有才名,早有大志。但其早年为考进士,文以辞采华丽为工。贞元九年(公元793年)中进士,十四年登博学鸿词科,授集贤殿正字。一度为蓝田尉,后入朝为官,积极参与王叔文集团政治革新,迁礼部员外郎。永贞元年(公元805年)九月,革新失败,贬邵州刺史,十一月加贬永州(今湖南零陵)司马。元和十年(公元815年)春回京师,又出为柳州(今属广西)刺史,政绩卓著。十四年十一月逝于任所。被贬期间,南方人士颇有向他求学问业者。

柳宗元重视文章的内容,主张文以明道,认为"道"应于国于民有利,切实可行。他注重文学的社会功能,强调文须有益于世。他提倡思想内容与艺术形式的完美结合,指出写作必须持认真严肃的态度,强调作家道德修养的重要性。他推崇先秦两汉文章,提出要向儒家经典及《庄子》《老子》《离骚》《史记》等学习借鉴,博观约取,以为我用,但又不能厚古薄今。在诗歌理论方面,他继承了刘勰标举"比兴"和陈子昂提倡"兴寄"的传统。与白居易《与元

文学常识丛书

74

九书》中关于讽喻诗的主张一致。他的诗文理论，代表着当时文学运动的进步倾向。

柳宗元一生留下 600 多篇诗文作品，文的成就大于诗。其骈文有近百篇，不脱唐骈文习气，但也有像《南霁云睢阳庙碑》那样的佳作。古文大致为五类。

物华风清

75

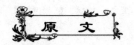

小石潭记①

从小丘西行百二十步，隔篁②竹，闻水声，如鸣佩环③，心乐之。伐竹取道，下见小潭，水尤清洌④。全石以为底⑤，近岸，卷石底以出⑥，为坻⑦，为屿，为嵁，为岩。青树翠蔓⑧，蒙络摇缀，参差披拂⑨。

潭中鱼可百许头⑩，皆若空游无所依(11)。日光下彻，影布石上⑫，佁然不动⑬；俶尔远逝⑭，往来翕忽⑮。似与游者相乐。

潭西南而望，斗折蛇行，明灭可见⑯。其岸势犬牙差互⑰，不可知其源。

坐潭上，四面竹树环合，寂寥无人，凄神寒骨，悄怆幽邃⑱。以其境过清，不可久居，乃记之而去。

同游者：吴武陵，龚古，余弟宗玄。隶而从者，崔氏二小生：曰恕己，曰奉壹。

文学常识丛书

①选自《柳河东全集》。柳宗元(公元773年—819年)，字子厚，唐朝河东(今山西省芮城县、运城县一带)人，著名文学家。他曾经被贬为永州(今湖南省零陵县)司马，写下了一系列的山水游记，其中《小石潭记》等八篇，合称《永州八记》。

②篁(huáng)竹：成林的竹子。篁，竹林。

③如鸣佩环：好像人身上佩带的玉佩、玉环相碰发出的声音。佩、环，都是玉制的装饰品。

④清冽(liè)：清澈。

⑤全石以为底：(潭)以整块的石头为底。

⑥近岸，卷石底以出：靠近岸的地方，石底有些部分翻卷过来露水面。

⑦为坻(chí)，为屿(yǔ)，为嵁(kān)，为岩：成为坻、屿、嵁、岩各种不同的形状。坻，水中高地。屿，小岛。嵁，不平的岩石。

⑧翠蔓：翠绿的茎蔓。

⑨蒙络摇缀，参差披拂：覆盖，缠绕，摇动，连结；参差不齐，随风飘荡。

⑩可百许头：大约有一百来条。

⑪皆若空游无所依：都好像在空中游动，什么依靠都没有(好像水都没有)。

⑫日光下彻，影布石上：阳光直照到水底，鱼的影子映在石上。

⑬佁(yǐ)然不动：(鱼影)静止地一动不动。佁，呆滞。

⑭俶(chù)尔远逝：忽然间向远处游去了。俶尔，忽然。

⑮往来翕忽：来来往往轻快敏捷。翕忽，很快地。

⑯斗折蛇行，明灭可见：(泉水)曲曲折折，(望过去)一段看得见，一段又看不见。斗折，像北斗七星那样曲折。蛇行，像蛇爬行那样弯曲。明灭，或现或隐。

⑰犬牙差(cī)互：像狗的牙齿那样互相交错。

⑱凄神寒骨，悄(qiǎo)怆幽邃(suì)：感到心神凄凉，寒气透骨，内心忧伤，环境幽深。悄怆，忧愁悲伤。邃，深。

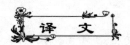
从小丘向西行走一百二十步的样子,隔着竹林,就能听到水声,好像挂在身上的玉珮、玉环相互碰撞的声音,心里很是高兴。于是砍了竹子,开出一条小路,顺势往下走便可见一个小潭,潭水特别清澈。整个潭底是一块石头,靠近岸边,石底有的部分翻卷出水面,形成坻、屿、嵁、岩等各种不同的形状。青葱的树木,翠绿的藤蔓,遮盖缠绕,摇动低垂,参差不齐,随风飘动。

潭中游鱼约有一百来条,都好像在空中游动,没有什么依靠似的。阳光直射潭底,把鱼的影子映在水底的石面上,呆呆地不动;忽然间又向远处游去了。来来往往轻快敏捷,好像在与游人一起娱乐。

顺着水潭向西南方向望去,溪流像北斗七星那样曲折,又像蛇爬行那样弯曲,或隐或现,都看得清楚。溪岸的形势像犬牙般交错参差,无法看到水的源头。

我坐在潭边,四周有竹子和树林围绕着,静悄悄的没有人迹,使人感到心境凄凉,寒气彻骨,真是太寂静幽深了。由于这地方过于冷清,不能长时间地停留,于是就把当时的情景记下来便离去了。

同我一起游远的人,有吴武陵、龚古,我的弟弟宗玄。作为随从跟着我们来的,有两个姓崔的年轻人,一个叫恕己,一个叫奉壹。

绝妙佳句

潭中鱼可百许头,皆若空游无所依。日光下彻,影布石上,怡然不动;俶尔远逝,往来翕忽。似与游者相乐。

文学常识丛书

作者简介

欧阳修(1007 年—1072 年)北宋政治家、文学家。唐宋古文八大家之一。字永叔,号醉翁,晚号六一居士。吉州永丰(今属江西)人。欧阳修自称庐陵人,因为吉州原属庐陵郡。

生平欧阳修幼年丧父,在寡母抚育下读书。仁宗天圣八年(1030 年)进士。次年任西京(今洛阳)留守推官,与梅尧臣、尹洙结为至交,互相切磋诗文。景佑元年(1034 年),召试学士院,授任宣德郎,充馆阁校勘。景佑三年,范仲淹上章批评时政,被贬饶州。欧阳修为他辩护,被贬为夷陵(今湖北宜昌)县令。

康定元年(1040 年),欧阳修被召回京,复任馆阁校勘,后知谏院。庆历三年(1043 年),范仲淹、韩琦、富弼等人推行"庆历新政",欧阳修参与革新,提出了改革吏治、军事、贡举法等主张。庆历五年,范、韩、富等相继被贬,欧阳修也被贬为滁州(今安徽滁县)太守。以后,又知扬州、颍州(今安徽阜阳)、应天府(今河南商丘)。至和元年(1054 年)八月,奉诏入京,与宋祁同修《新唐书》。

嘉佑二年(1057 年)二月,欧阳修以翰林学士身份主持进士考试,提倡平实的文风,录取了苏轼、苏辙、曾巩等人。这对北宋文风的转变很有影响。

嘉佑五年(1060 年),欧阳修拜枢密副使。次年任参知政事。以后,又相继任刑部尚书、等职。英宗治平二年(1065 年),上表请求外任,不准。此后两三年间,因被蒋之奇等诬谤,多次辞职,都未允准。神宗熙宁二年(1069年),王安石实行新法。欧阳修对青苗法曾表异议,且未执行。熙宁三年(1070年),除检校太保宣徽南院使等职,坚持不受。改知蔡州(今河南汝南县)。这一年,他改号"六一居士"。熙宁四年(1071年)六月,以太子少师的身份辞职。居颍州。卒谥文忠。宋代苏轼书欧阳修《醉翁亭记》。

文学创作欧阳修是北宋诗文革新运动的领袖。他的文学成就以散文最高,影响也最大,是唐宋八大家之一。他继承了韩愈古文运动的精神,在散文理论上,提出:"道胜者,文不难而自至"(《答吴充秀才书》),"道纯则充于中者实,中充实则发为文者辉光"(《答祖择之书》)。他所讲的道,主要不在于伦理纲常,而在于关心百事。他认为学道而不能至,是因为"弃百事不关于心"(《答吴充秀才书》)。他反对"务高言而鲜事实"(《与张秀才第二书》),主张"言以载事而文以饰言"(《代人上王枢密求先集序》)。他取韩愈"文从字顺"的精神,大力提倡简而有法和流畅自然的文风,反对浮靡雕琢和怪僻晦涩。他不仅能够从实际出发,提出平实的散文理论,而且自己又以造诣很高的创作实绩,起了示范作用。

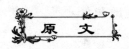

醉翁亭记①

　　环滁皆山也②。其西南诸峰，林壑尤美③；望之蔚然而深秀者④，琅邪也⑤。山行六七里，渐闻水声潺潺，而泻出于两峰之间者，酿泉也⑥。峰回路转，有亭翼然临于泉上者⑦，醉翁亭也。作亭者谁？山之僧智仙也。名之者谁⑧？太守自谓也。太守与客来饮于此，饮少辄醉⑨，而年又最高，故自号曰醉翁也。醉翁之意不在酒，在乎山水之间也。山水之乐⑩，得之心而寓之酒也。

　　若夫日出而林霏开⑪，云归而岩穴暝⑫，晦明变化者⑬，山间之朝暮也。野芳发而幽香⑭，佳木秀而繁阴，风霜高洁，水落而石出者，山间之四时也。朝而往，暮而归，四时之景不同，而乐亦无穷也。

　　至于负者歌于途⑮，行者休于树，前者呼，后者应，伛偻提携⑯，往来而不绝者，滁人游也。临溪而渔，溪深而鱼肥；酿泉为酒，泉香而酒冽⑰。山肴野蔌⑱，杂然而前陈者⑲，太守宴也。宴酣之乐，非丝非竹⑳，射者中㉑，弈者胜㉒，觥筹交错㉓，起坐而喧哗者，众宾欢也。苍颜白发，颓然乎其间者㉔，太守醉也。

　　已而夕阳在山㉕，人影散乱，太守归而宾客从也。树林阴翳㉖，鸣声上下，游人去而禽鸟乐也。然而禽鸟知山林之乐，而不知人之乐；人知从太守游而乐，而不知太守之乐其乐也㉗。醉能同其乐,醒能述以文者㉘,太守也。太守谓谁? 庐陵欧阳修也㉙。

①醉翁亭:在滁州西南琅邪山,僧人智仙所建,欧阳修题名。滁州治所在今安徽滁县。

②环滁:环绕滁州城。

③林壑(hè):树林和山谷。

④蔚(wèi)然:草木茂盛的样子。深秀:幽深秀丽。

⑤琅邪(yá):又作"琅琊",山名,在今滁县西南。

⑥酿泉:一本作"让泉",即琅邪泉。

⑦"有亭"句:意思是,有座四角翘起像鸟儿展翅似的亭子靠近泉边。

⑧"名之"二句:意谓,给它取名字的是谁?是太守用自己的号给它题名。"太守",汉代郡的行政长官。宋代废郡设州、府,习惯上仍称知州、知府为太守。这里是作者自称。

⑨饮少辄醉:稍稍喝一点酒就醉了。

⑩"山水"二句:意谓欣赏山水的乐趣,领略在心,寄托于酒。

⑪若夫:发语词。林霏:林间雾气。

⑫归:指回到山中。暝(míng):幽暗。

⑬晦明:明暗。

⑭"野芳"四句:写山间四时景象。秀:秀发,滋长。繁阴:树荫浓密。

⑮负者:背东西的人。

⑯伛偻(yǔ lǚ):曲身驼背,这里指老人。提携:指被牵领着的小孩。

⑰泉香而酒洌(liè):是说泉水清香而酒味清纯。一作"泉洌而酒香"。

⑱山肴野蔌(sù):野味野菜。

文学常识丛书

⑲前陈：摆设在面前。

⑳丝、竹：指管弦乐器，这里作动词用。

㉑射：是古代一种游戏。中（zhòng）：指投射的人命中了目标。

㉒弈（yì）：下棋。

㉓觥（gōng）：酒杯。筹：行酒令用的竹签。

㉔颓然：形容酒醉倾倒的样子。

㉕已而：不久。

㉖翳（yì）：遮蔽。

㉗乐其乐：以他们的快乐为快乐。前一个"乐"字作动词用，后一个是名词。其：指代从太守游的人。

㉘述以文：用文章记述下来。

㉙庐陵：作者的籍贯，今江西吉水。

物华风清

83

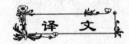

译文

　　环绕着滁州城的都是山。它西南面的许多山峰，树林、山谷尤其优美，远望那树木茂盛，又幽深又秀丽的地方，是琅琊山。沿着山路走六七里，渐渐听到水声潺潺，从两座山峰中间倾泻出来的，是酿泉。山势回环，山路转弯，有亭子四角翘起，像鸟张开翅膀一样，高踞在泉水上边的，是醉翁亭。修建亭子的人是谁？是山中的和尚智仙。给它取名的人是谁？是太守用自己的别号（醉翁）来命名的。太守和客人到这里来喝酒，喝一点就醉了，而且年龄又最大，所以自己取号叫醉翁。醉翁的情趣不在于喝酒，而在于山水之间。欣赏山水的乐趣，领会它在心里，并寄托它在酒上。

　　像那太阳出来，树林中的雾气消散，暮云回聚拢来，山岩洞穴就昏暗了，阴暗明朗（交替）变化，（就是）山间的早晨和傍晚。野花开放，散发清幽的香气,美好的树木枝叶繁茂,形成浓郁的绿荫,天气高爽,霜色洁白,水位低落,石头显露,这是山里的四季的景色。早晨上山,傍晚返回,四季的景色不同,因而乐趣也没有穷尽。

至于背着东西的人路上唱歌,走路的人在树下休息,前面的人呼唤,后面的人答应,老老少少来来往往不间断的,这是滁州人出游。到溪水捕鱼,溪水深,鱼儿肥,用酿泉的水酿酒,泉水香甜而酒色清净,山中野味,田野蔬菜,杂乱地在前面摆着,这是太守的举行酒宴。酒宴上畅饮的乐趣,不在于管弦音乐,投壶的人投中了,下棋的人得胜了,酒杯和酒筹交互错杂,人们有时站立,有时坐着,大声喧嚷,宾客们(尽情)欢乐。脸色苍老,头发花白,醉醺醺地在宾客们中间,太守喝醉了。

不久夕阳落山,人影纵横散乱,太守返回,宾客跟随。这时树林里浓荫遮蔽,鸟儿到处鸣叫,游人离开后禽鸟在快乐了。然而禽鸟只知道山林的乐趣,却不知道人的乐趣,人们只知道跟随太守游玩的乐趣,却不知道太守在享受自己的乐趣。喝醉了能够和大家一起享受快乐,酒醒了能够用文章记述的人,是太守。太守是谁?是庐陵人欧阳修。

文学常识丛书

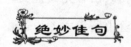

绝妙佳句

环滁皆山也。其西南诸峰,林壑尤美,望之蔚然而深秀者,琅琊也。山行六七里,渐闻水声潺潺而泻出于两峰之间者,酿泉也。峰回路转,有亭翼然临于泉上者,醉翁亭也。作亭者谁?山之僧智仙也。名之者谁?太守自谓也。太守与客来饮于此,饮少辄醉,而年又最高,故自号曰醉翁也。醉翁之意不在酒,在乎山水之间也。山水之乐,得之心而寓之酒也。

作者简介

　　苏轼(1037年—1101年),字子瞻,又字和仲,号"东坡居士",眉州眉山(即今四川眉州)人,是宋代著名的文学家、书画家。他与他的父亲苏洵、弟弟苏辙皆以文学名世,世称"三苏";与汉末"三曹父子"(曹操、曹丕、曹植)齐名。

　　苏轼的文学观点和欧阳修一脉相承,但更强调文学的独创性、表现力和艺术价值。他的文学思想强调"有为而作",崇尚自然,摆脱束缚,"出新意于法度之中,寄妙理于豪放之外"。他认为作文应达到"如行云流水,初无定质,但常行于所当行,常止于所不可不止。文理自然,姿态横生"(《答谢民师书》)的艺术境界。苏轼散文著述宏富,与韩愈、柳宗元和欧阳修三家并称。文章风格平易流畅,豪放自如。释德洪《跋东坡(左山右允)池录》说:"其文涣然如水之质,漫衍浩荡,则其波亦自然成文。"苏轼与欧阳修并称"欧苏",是"唐宋八大家"之一。

　　苏轼在诗、文、词、书、画等方面,均取得了在才俊辈出的宋代登峰造极的成就。是中国历史上少有的文学和艺术天才。

石钟山①记

　　《水经》云②:"彭蠡之口③,有石钟山焉。"郦元以为④:"下临深潭⑤,微风鼓浪,水石相搏,声如洪钟。"是说也⑥,人常疑之:今以钟、磬置水中⑦,虽大风浪,不能鸣也,而况石乎? 至唐李渤始访其遗踪⑧,得双石于潭上,"扣而聆之⑨,南声函胡,北音清越,桴止响腾,余韵徐歇",自以为得之矣。然是说也,余尤疑之:石之铿然有声音⑩,所在皆是也,而此独以钟名,何哉?

　　元丰七年六月丁丑⑩,余自齐安舟行适临汝⑫,而长子迈将赴饶之德兴尉⑬,送之至湖口⑭,因得观所谓石钟者。寺僧使小童持斧于乱石间择其一二扣之,硿硿然⑮,余固笑而不信也。⑯。至莫夜月明⑰,独与迈乘小舟至绝壁下。大石侧立千尺,如猛兽奇鬼,森然欲搏人⑱,而山上栖鹘⑲,闻人声亦惊起,磔磔云霄间⑳。又有若老人欬且笑于山谷中者㉑,或曰:"此鹳鹤也㉒。"余方心动欲还,而大声发于水上,噌吰如钟鼓不绝㉓,舟人大恐。徐而察之,则山下皆石穴罅㉔,不知其深浅,微波入焉㉕,涵澹澎湃而为此也。舟回至两山间,将入港口,有大石当中流㉖,可坐百人,空中而多窍㉗,与风水相吞吐,有窾坎镗鞳之声㉘,与向之噌吰者相应㉙,如乐作焉㉚。因笑谓迈曰:"汝识之乎㉛? 噌吰者㉜,周景王之无射也;窾坎镗鞳者,魏献子之歌钟也。古之人不余欺也㉝。"

事不目见耳闻而臆断其有无^㉞、可乎？郦元之所见闻，殆与余同^㉟，而言之不详；士大夫终不肯以小舟夜泊绝壁之下，故莫能知，而渔工水师虽知而不能言^㊱，此世所以不传也；而陋者乃以斧斤考击而求之^㊲，自以为得其实。余是以记之^㊳，盖叹郦元之简，而笑李渤之陋也。

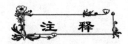

①石钟山：在今江西湖口县，包括上钟山和下钟山，南北相对

②《水经》：旧题汉桑钦撰，已见前注。

③彭蠡(lǐ)：即鄱阳湖，在今江西省北部。

④郦(lì)元：《水经注》作者郦道元的省称。

⑤"下临"四句："搏"：击。"洪钟"，大钟；钟是古代一种打击乐器。这四句当引自《水经注》，但不见于今本，苏轼所看到的是此书未残本。

⑥"是说"二句：谓郦道元这种说法，人们常常怀疑它。

⑦"今以"四句：谓现在把钟、磬放在水中，即使有大风浪，钟磬也不能发出声音，而何况石头呢？"虽"，即使。

⑧李渤：字浚(jùn)之，洛阳人。唐宪宗时做过江州(今江西九江一带)刺史，著有《辨石钟山记》。遗踪：旧址，指石钟山所在地。

⑨"扣而"五句：这是李渤《辨石钟山记》中的话。"北音"，原作"北声"。"扣"，敲击。"聆(líng)"，听。"南声函胡"，南边那块石头发出的声音浑厚、宏大。"清越"，清脆、悠远。"桴(fú)"，鼓槌。"响腾"，声响飞扬。"余韵徐歇"，余音缓缓消失。"歇"，止。

⑩"石之"二句：意谓发出铿锵声音的石块，到处都这样。"铿(kēng)然"：形容声音宏亮。

物华风清

87

⑪元丰:北宋神宗的年号。元丰七年六月丁丑:1084年农历六月初九。

⑫齐安:今湖北黄冈。适:往。临汝:今河南临汝。

⑬饶:饶州,州治在今江西鄱阳。德兴:饶州属县,今江西德兴。尉:县尉。

⑭湖口:今江西湖口,位于鄱阳湖与长江连接处。

⑮硿硿(hōng):形容敲击石块发出的声音。

⑯固:固执,指坚持己见。

⑰莫:同"暮"。

⑱森然:阴森可怖的样子。搏人:抓人。

⑲鹘(gǔ):一种鹰类猛禽。

⑳磔磔(zhé):鸟叫声。

㉑欬:同"咳"。

㉒鹳(guàn)鹤:形状像鹤而顶部不红的一种鸟。

㉓噌吰(zēng hóng):形容宏亮的声音。

㉔罅(xià):裂缝。

㉕"微波"二句:意谓水波涌进石洞缝隙,摇荡拍击而发出这种钟鼓齐鸣般的声音。"涵澹",水流动荡的样子。"澎湃",波浪撞击的声音。

㉖当:正好处于。中流:河流中间。

㉗"空中"二句:谓大石内空而多孔,风和水穿流进出。"窍":窟窿。"吞吐",吸进吐出。

㉘窾(kuǎn)坎镗鞳(tāng tà):形容钟鼓鸣响的声音。

㉙向:刚才。

㉚乐作:音乐奏起。

㉛识(zhì):记住,明白。

㉜"噌吰"四句:意谓石钟发出的声音,如同古乐。"周景王",东周国

君。"无射"(yì),钟名,周景王二十四年(公元前521年)铸成,见《国语·周语》。"魏献子",当为魏献子的父亲魏庄子。魏庄子,名绛,春秋时晋国大夫。"歌钟",编钟,由若干音调不同的钟组成的一种乐器。《左传》襄公十一年记载,晋侯把郑国送的编钟等乐器半数分赠魏庄子。

㉝古之人:指郦道元。不余欺:没有欺骗我。

㉞臆断:凭主观猜测下结论。

㉟殆(dài):大概,恐怕。

㊱渔工水师:渔夫船工。

㊲陋者:指见闻有限、知识浅薄的人。斤:斧子一类的工具。考:击。

㊳是以:因此。

《山水经》上说:"鄱阳湖口有座石钟山。"郦道元认为,这山下面临深潭,微风掀起波浪时,水和石互相撞击,发出的声音像大钟一样。这种说法,人们常常怀疑它。现在把钟和磬放在水里,即使大风浪也不能使它发出声音,何况石头呢。到了唐代,李渤才寻访了它的遗迹,在潭边上找到两座山石,敲着听听它的声音,南边的山石声音重浊而模糊,北边的山石声音清脆而响亮。鼓槌的敲击停止以后,声音还在传播,余音慢慢消失。他自己认为找到了石钟山命名的原因了。然而这种说法,我更加怀疑。能敲得发出铿锵作响的山石。到处都有,可是唯独这座山用钟来命名,这是为什么呢?

元丰七年农历六月丁丑那天,我从齐安乘船到临汝去,正好大儿子苏迈将要到饶州德兴县做县尉,送他到湖口,因此能够看到这座叫做"石钟"的山。庙里的和尚叫小童拿一柄斧头,在杂乱的石壁中间选择一两处敲打它，发出硿硿的响声，我仍旧笑笑，并不相信。到了晚上，月色明亮，我单独和迈儿坐小船，到绝壁下面。大石壁在旁边斜立着，高达千尺，活像凶猛的野兽、奇怪的鬼物，阴森森的想要扑过来抓人似的；山上栖息的鹘鸟，听到人声也受惊飞起，在高空中磔磔地叫着；还有像老头子在山谷中咳着笑着的声音，有的人说："这就是鹳鹤。"我正心中惊恐想要回去。忽然，巨大的声音从水上发出，噌吰的声音像击鼓敲钟一样不停。船夫非常害怕。我仔细地观察，原来山下都是石头的洞穴和裂缝，不知它的深浅，微微的水波进入里面，冲荡撞击，便形成这种声音。

船划回到两山中间，快要进入港口，有块大石头挡在水流中心，上面可以坐百来人，中间是空的，有很多窟窿，风吹浪打吞进吐出，发出窾坎镗鞳的声音，跟先前噌吰的声音互相应和，好像音乐演奏起来一样。我因而笑着对迈儿说："你明白吗？发出噌吰响声的，那是周景王的无射钟，发出窾坎镗鞳响声的，那是魏庄子的歌钟。古人没有欺骗我们啊！"

事情没有亲眼看到、亲耳听到，却主观地推断它的有无，能行吗？郦道元见到和听到的，大概和我的见闻相同，可是说得不够详尽；一般做官读书的人又总不愿夜晚乘小船停靠在绝壁下面，所以没有谁能了解真相；而渔夫船工，虽然知道却又不能用口说出用笔写出来。这就是这座山（命名的真实原由）在世上没能流传下来的缘故啊。而浅陋的人竟用斧头敲击来寻求用钟命名的原由，还自己认为得到了它的真相。我因此把上面的情况记载下来，叹息郦道元记叙的简略，而笑李渤见识的浅陋。

舟回至两山间,将入港口,有大石当中流,可坐百人,空中而多窍,与风水相吞吐,有窾坎镗鞳之声,与向噌吰者相应,如乐作焉。因笑谓迈曰:"汝识之乎?噌吰者,周景王之无射也;窾坎镗鞳者,魏庄子之歌钟也。古之人不余欺也!"

物华风清

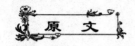

后赤壁赋

是岁①十月之望,步自雪堂,将归于临皋②。二客从予③过黄泥之坂。霜露既降,木叶尽脱。人影在地,仰见明月,顾而乐之,行歌相答④。已而叹曰:"有客无酒,有酒无肴⑤,月白风清,如此良夜何?"客曰:"今者薄暮⑥,举网得鱼,巨口细鳞,状似松江之鲈⑦。顾⑧安所得酒乎?"归而谋⑨诸妇。妇曰:"我有斗酒,藏之久矣,以待子不时之须。"

于是携酒与鱼,复游于赤壁之下。江流有声,断岸⑩千尺。山高月小,水落石出。曾日月之几何,而江山不可复识矣。

子乃摄衣而上,履巉岩,披蒙茸,踞虎豹,登虬龙,攀栖⑪鹘⑫之危巢⑬,俯冯夷⑭之幽宫⑮,盖⑯二客不能从⑰焉。划然⑱长啸,草木震动;山鸣谷应,风起水涌。予亦悄⑲然而悲,肃然而恐,凛乎其不可留也。反而登舟,放乎中流⑳,听其所止而休焉。

时夜将半,四顾寂寥㉑。适有孤鹤,横江东来,翅如车轮,玄裳㉒缟衣,戛然长鸣,掠予舟而西也。须臾客去,予亦就睡。梦一道士,羽衣㉓蹁跹㉔,过临皋之下,揖㉕予而言曰:"赤壁之游乐乎?问其姓名,俯而不答。呜呼噫嘻!我知之矣。畴昔之夜㉖,飞鸣而过我者,非子也耶?道士顾㉗笑,予亦惊寤㉘。开户视之,不见其处。

注释

①是岁:这一年。

②临皋:亭名。

③从予:随同我去。

④行歌相答:边走边唱,互相对答。

⑤肴:鱼肉等荤菜,也泛称菜肴。

⑥薄暮:傍晚。薄:迫近。

⑦松江之鲈:松江(今属上海市)的四鳃鲈,味鲜美。

⑧顾:但是。安所:从哪里。这句说,但从哪里能弄到酒呢?

⑨诸:"之于"的合音,兼起代词"之"和介词"于"的作用。

⑩断岸:陡峭的江岸。

⑪栖:宿息。

⑫鹘:鹰的一种。

⑬危巢:高高的鸟巢。

⑭冯夷:水神名。

⑮幽宫:深宫。

⑯盖:这里是连词。

⑰从:跟随。

⑱划然:形容长啸的声音。

⑱悄然:忧愁的样子。

⑳放乎中流:把船放到江中间。

㉑寂寥:冷静。

㉒玄裳:黑色的下裙。缟衣:白色的上衣。这是形容孤鹤身白尾黑。

㉓羽衣:指道士是由孤鹤化成的,所以身穿"羽衣"。

㉔翩跹:飘然舞动。

㉕揖:拱手行礼。

㉖畴昔之夜:这里指昨夜。畴昔:过去,以前。

㉗顾:回头看。

㉘寤:醒。

译 文

这一年的十月十五日晚上,我从雪堂步行出发,准备回到临皋去。有两位客人跟着我一道去,走过黄泥坂。这时,霜露已经降下,树叶完全脱落了,看见人影映在地上,抬头一望,看到皎洁的月亮,我们互相望望,很欢喜这景色,便一边走一边唱,互相应和。

接着,我不禁叹口气,说:"有客没有酒,有酒没有菜,月这么亮,风这么清,怎样度过这美好的夜晚呢?"一位客人说:"刚才黄昏时,我撒网捉到了一条鱼,很大的嘴巴,小小的鱼鳞,样子好像松江的鲈鱼。但是,到哪里去弄到酒呢?"我回家去和妻子商量。妻子说:"我有一斗好酒,保存了好久了,拿它来准备你临时的需要。"于是带了酒和鱼,再去赤壁下面坐船游玩。长江的水流得哗哗响,陡峭的江岸有百丈高;山,高高的,月,小小的,水位低了,原来在水里的石头也露出来了。才过了多久呀,以前风景竟再也认不出来了。

我就提起衣襟走上岸去,踩着险峻的山岩,拨开杂乱的野草,坐在像虎豹的山石上休息一会儿,再爬上枝条弯曲形似虬龙的树木,最高处我攀到睡着鹘鸟的高巢,最低处我低头看到水神冯夷的深宫。那两位客人竟不能跟上来,我嘬口发出长长啸声,草木似乎都被这种尖锐的声音震动了,山也发出共鸣,谷也响起回声,风也起来,江水也汹涌了。在这种情境中,我也

文学常识丛书

默默地感到悲愁,感到紧张,简直有些恐惧,觉得这里再也不能停留了。回到江边上了船,把船撑到江心,听凭它漂到哪儿就在哪儿休息。

这时快到半夜了,向周围望去,冷冷清清。恰巧有一只白鹤,横穿大江上空从东飞来。两只翅膀像两个车轮,黑色裤子,白色上衣,发出长长的尖利叫声,擦过我的小船向西飞去。一会儿,我和客人离船上岸以后,回到家里,客人走了,我,也睡了。梦见一个道士,穿着羽毛做的衣服轻快地走着,走到临皋下面,向我拱手行礼,说:"赤壁这次旅游很痛快吧?"我问他的姓名,他低着头不回答。"唉呀!我知道了。昨天晚上,一边叫一边飞过我船上的,不是你吗?"道士回头对我笑了,我也惊醒了。打开房门一看,不知道他到哪里去了。

物华风清

95

是岁十月之望,步自雪堂,将归于临皋。二客从予过黄泥之坂。霜露既降,木叶尽脱。人影在地,仰见明月,顾而乐之,行歌相答。

作者简介

　　苏辙(1039 年—1112 年)北宋散文家。与其父苏洵、兄苏轼合称"三苏",均在"唐宋八大家"之列。字子由。眉州眉山(今属四川)人。仁宗嘉祐二年(1057 年)与苏轼一起中进士。不久因母丧,返里服孝。嘉祐六年,又与苏轼同中制举科。当时因"奏乞养亲",未任官职,此后曾任大名府推官。熙宁三年(1070 年)上书神宗,力陈法不可变,又致书王安石,激烈指责新法。熙宁五年(1072 年),出任河南推官。元丰二年(1079 年),其兄苏轼以作诗"谤讪朝廷"罪被捕入狱。他上书请求以自己的官职为兄赎罪,不准,牵连被贬,监筠州盐酒税。元丰八年,旧党当政,他被召回,任秘书省校书郎、右司谏,进为起居郎,迁中书舍人、户部侍郎。哲宗元祐四年(1089 年)权吏部尚书,出使契丹。还朝后任御史中丞。元六年拜尚书右丞,进门下侍郎,执掌朝政。元祐八年,哲宗亲政,新法派重新得势。绍圣元年(1094 年),他上书反对时政,被贬官,出知汝州、袁州,责授化州别驾、雷州安置,后又贬遁州等地。崇宁三年(1104 年),苏辙在颍川定居,过田园隐逸生活,筑室曰"遗老斋",自号"颍滨遗老",以读书著述、默坐参禅为事。死后追复端明殿学士,谥文定。

　　苏辙著有《栾城集》,包括《后集》《三集》,共 84 卷,有《四部丛刊》影明活字本。又,《栾城应诏集》12 卷,有《四部丛刊》影宋钞本。

文学常识丛书

96

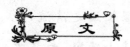

黄州快哉亭记①

　　江出西陵②，始得平地，其流奔放肆大③。南合沅湘④，北合汉沔⑤，其势益张。至于赤壁之下⑥，波流浸灌⑦，与海相若。清河张君梦得⑧，谪居齐安⑨，即其庐之西南为亭，以览观江流之胜。而余兄子瞻名之曰"快哉"。

　　盖亭之所见，南北百里，东西一舍⑩，涛澜汹涌，风云开阖⑪，昼则舟楫出没于其前，夜则鱼龙悲啸于其下。变化倏忽⑫，动心骇目，不可久视。今乃得玩之几席之上⑬，举目而足。西望武昌诸山⑭，冈陵起伏，草木行列，烟消日出，渔夫樵父之舍，皆可指数⑮。此其所以为快哉者也。至于长洲之滨⑯，故城之墟⑰，曹孟德、孙仲谋之所睥睨⑱，周瑜、陆逊之所骋骛⑲，其流风遗迹，亦足以称快世俗⑳。

　　昔楚襄王从宋玉、景差于兰台之宫㉑，有风飒然至者，王披襟当之，曰："快哉此风！寡人所与庶人共者耶？"宋玉曰："此独大王之雄风耳，庶人安得共之！"玉之言，盖有讽焉㉒。夫风无雄雌之异，而人有遇不遇之变㉓。楚王之所以为乐，与庶人之所以为忧，此则人之变也，而风何与焉㉔！士生于世，使其中不自得㉕，将何往而非病？使其中坦然㉖，不以物伤性㉗，将何适而非快㉘？今张君不以谪为患，收会计之余功㉙，而自放山水之间㉚，此其中宜有

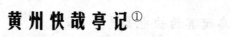

物华风清

以过人者㉛。将蓬户瓮牖㉜，无所不快；而况乎濯长江之清流，挹西山之白云㉝，穷耳目之胜以自适也哉！不然，连山绝壑，长林古木，振之以清风，照之以明月，此皆骚人思士之所以悲伤憔悴而不能胜者㉞，乌睹其为快也哉㉟！

元丰六年十一月朔日㊱，赵郡苏辙记㊲。

注　释

①黄州：治所在今湖北黄冈。《黄冈县志·古迹》："快哉亭，在城南。"

②西陵：西陵峡，一名巫峡，长江三峡之最东者，西起湖北巴东县，东至湖北宜昌县。

③肆大：开阔浩大。

④沅湘：沅江、湘江，在今湖南，北流注入洞庭湖，汇入长江。

⑤汉沔：即汉水，源出陕西宁强，流经陕西沔县，至今湖北襄樊，古称沔水，再东流至武汉入长江。

⑥赤壁：此指赤鼻矶，在今湖北黄冈西长江岸边。石壁垂直，颜色纯赤，故名。后人以此为三国时周瑜击败曹操的赤壁（在湖北蒲圻西北）。苏轼写前后《赤壁赋》及（念奴娇）《赤壁怀古》及苏辙此篇均从误传。

⑦浸灌：形容水势纵横有力。

⑧清河：今河北清河。张梦得：一字偓佺，名怀安，是苏轼谪居黄州时的朋友，有词《水调歌头·黄州快哉亭赠张偓佺》相赠，亦可与苏辙这篇散文相参证。

⑨齐安：古郡名，即黄州。

⑩一舍：古时以三十里为一舍。

⑪风云开阖：谓风云变化。"阖"，同"合"。

⑫倏(shū)忽:迅速。

⑬"玩之"句:谓坐在亭子上可以尽情玩赏。"几",案几,坐时用以凭靠的小桌子。"席",坐席。

⑭武昌:今湖北鄂城。"武昌诸山",参见《武昌九曲亭记》注。

⑮指数:一一指点出来。

⑯长洲:泛指长江在黄冈一带的沙洲,如得胜洲、本鹅洲、鸭蛋洲等(见《黄冈县志》);一作"长州"。

⑰故城:即指武昌城(湖北鄂城),三国时,孙权自公安迁此为都城,"欲以武而昌",改鄂为武昌。苏轼《次韵乐著作野步》诗自注:"黄州对岸武昌有孙权故宫。"

⑱曹孟德、孙仲谋:曹操,字孟德;孙权,字仲谋。他们是三国时各据一方的统帅,都要占领武昌重镇。睥睨(bì nì):侧目斜视的样子,这里有"窥伺""盘算"的意思。

⑲周瑜:赤壁之战时,东吴的主将,字公瑾。陆逊:也是东吴的著名将领,字伯言,曾两次率兵驻扎于黄州。骋骛:驰骋追逐,喻在战场上施展军事才能。

⑳称快世俗:为一般人所乐于称道。

㉑"昔楚襄王"至"安得共之":摘引宋玉《风赋》原文。大意是:宋玉、景差陪从楚襄王在兰台官游赏,恰好一阵凉爽的风吹来,使楚襄王很感欣悦,于是他问:这样使人愉快的风,我和一般老百姓是否都可以共同享用呢?宋玉回答说,这只是大王所享用的雄风,老百姓是不能享用的。他们所有的是雌风。此下,《风赋》就详细描述雄风雌风的不同。宋玉、景差:屈原以后楚国的两名楚辞作家。兰台:地名,在今湖北钟祥。

㉒"玉之"二句:意谓宋玉关于风分雌雄的言论是为了起到讽谏作用的。据《文选》吕向注引"史记"说:"时襄王骄奢,故宋玉作此赋以讽之。"

（按今本《史记》）无此语，"史记"泛指史书。)

㉓"夫风"二句：意谓风其实没有雌雄之分，但是人却有处境遭遇好不好的不同。"遇"，指人的境遇。"变"，变异，不同。

㉔"楚王"四句：意谓同样是风，在楚王就成为快乐，在庶人就成为忧伤，这就是由于人的境遇不同，而跟风不相干。"与"，相与。"何与焉"即谓"有什么关系呢"。

㉕"使其"二句：意谓假使一个士人自以为在世不得意，就会觉得哪里都是毛病，什么都看不惯。"使"，假使。"其中"，他的心中。"自得"，自以为得意，表示满意。"将"，就。"病"，弊病，指世俗而言。

㉖坦然：胸怀坦荡，器量宽广。

㉗物：指客观世界。性：个人性情。这句是说不因客观世界对自己的待遇变异而使自己主观性情受到伤害。

㉘适：往，到……。快：快乐。

㉙"收会计"句：意谓利用公余闲暇的时间。"收"，拿来；一作"窃"。"会计"，掌管钱粮赋税事务，此指张梦得当时任职的公务；一作"会稽""稽"通计。

㉚"自放"句：意谓放任自己游山玩水。

㉛"此其"句：意谓这是张梦得心中应当有超凡脱俗思想的表现。"过人"，超过一般人。

㉜"将蓬户"二句：意谓像张这样，就是生活贫穷，也没有什么不快乐。"蓬户"，柴草做的门。"瓮牖(yǒu)"，破缸口做成的窗洞。"蓬户瓮牖"即喻生活贫穷。

㉝挹(yì)：舀取。西山：指武昌的西山；参见《武昌九曲亭记》注。

㉞骚人：此指失意的文人。思士：此指不遇的士人。胜：经受得住。

㉟乌：怎能，哪里。

文学常识丛书

㊱元丰六年:公元 1083 年。

㊲赵郡:作者的祖籍郡望,汉、唐郡治在今河北邯郸。他的远祖父辈唐代诗人苏味道即赵郡栾城人,作者文集取名《栾城集》即含继祖之意。

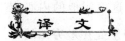

译文

长江流出西陵峡,才得到平坦的地势,它的水势就变得一泻千里,滚滚滔滔。等到它和南边来的沅水、湘水,北边来的汉水、沔水合流的时候,它的水势更加强大了。到了赤壁下面,江水浩荡,和大海相像。清河县的张梦得先生贬官到黄州,就着他的住宅的西南面做了一个亭子,来欣赏长江上的风景,我哥哥子瞻给它取了一个名字叫“快哉”。站在亭子里望到的很宽,从南到北可以望到上百里,从东到西可以望到三十里左右。波涛汹涌,风云变化。白天有来往的船舶在它的前面时隐时现,晚上有鱼类和龙在它的下面悲壮地呼啸。从前没有亭子时,江面变化迅速,惊心骇目,游客不能在这里看个畅快。现在却可以在亭子里的茶几旁坐位上欣赏这些景色,张开眼睛就看个饱。向西眺望武昌一带山脉,丘陵高低不等,草木成行成列,烟雾消失,太阳出来,渔翁和樵夫的房屋,都可以用手指点得清楚:这就是取名“快哉”的缘故啊!

至于长江的岸边,古城的遗址,曹操、孙权蔑视对方的地方,周瑜、陆逊纵横驰骋的所在,他们遗留下来的影响和古迹,也很能使世界上一般人称为快事。从前,宋玉、景差陪伴楚襄王到兰台宫游玩,有一阵凉风呼呼地吹来,襄王敞开衣襟让风吹,说:“凉快呀这阵风! 这是我和老百姓共同享受的吧?”宋玉说:“这只是大王您的高级的风罢了,老百姓怎么能享受它!”宋玉的话大概含有讽刺的意味。风是没有低级、高级的分别的,而人却有走运和倒运的不同。楚襄王快乐的原因,和老百姓痛苦的原因,这是由于人们的处境不同,和风有什么关系呢?

　　读书人生活在世上,如果他的内心不能自得其乐,那么,他到什么地方去会不忧愁呢? 如果他心情开朗,不因为环境的影响而伤害自己的情绪,那么,他到什么地方去会不整天愉快呢? 现在,张先生不因为贬官而烦恼,利用办公以外的空闲时间,自己在山水之中纵情游览,这说明他的内心应该是有一种自得之乐远远超过一般人。像他这种人,即使处在最穷困的环境里,也没有什么不愉快,何况是在长江的清水里洗脚,和西山的白云交朋友,耳朵和眼睛充分欣赏长江的美好景物,从而使自己得到最大的满足呢! 要不是这样,那么,长江上群山绵延,山谷深幽,森林高大,古树奇倔,清风吹着它们,明月照着它们,这种景色都是满腹牢骚的诗人和有家难归的士子触景伤情、痛苦难堪的,哪里看得到它是快乐的呢!

绝妙佳句

　　江出西陵,始得平地;其流奔放肆大,南合沅湘,北合汉沔,其势益张;至于赤壁之下,波流浸灌,与海相若。清河张君梦得,谪居齐安,即其庐之西南为亭,以览观江流之胜;而余兄子瞻名之曰"快哉"。盖亭之所见,南北百里,东西一舍,涛澜汹涌,风云开阖;昼则舟楫出没于其前,夜则鱼龙悲啸于其下;变化倏忽,动心骇目,不可久视,——今乃得玩之几席之上,举目而足;西望武昌诸山,冈陵起伏,草木行列,烟消日出,渔夫樵夫之舍,皆可指数:此其所以为"快哉"者也。

文学常识丛书

作 者 简 介

范仲淹,生于太宗端拱二年(公元 989 年)。

卒于皇祐四年(1052 年)字希文,是北宋著名的政治家和统帅,也是一位卓越的文学家和教育家。他领导的庆历革新运动,成为后来王安石熙丰变法的前奏;他对某些军事制度和战略措施的改善,使西线边防稳固了相当长时期;经他荐拔的一大批学者,为宋代学术鼎盛奠定了基础;他倡导的先忧后乐思想和仁人志士节操,是中华文明史上闪灼异彩的精神财富;朱熹称他为有史以来天地间第一流人物!千载迄今,各地有关范仲淹的遗迹,始终受到人们的保护和纪念。

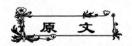

岳阳楼记

庆历四年春,滕子京谪守巴陵郡②。越明年,政通人和,百废俱兴。乃重修岳阳楼,增其旧制③,刻唐贤、今人诗赋于其上④。属余作文以记之⑤。

予观夫巴陵胜状⑥,在洞庭一湖⑦。衔远山,吞长江,浩浩汤汤⑧,横无际涯;朝晖夕阴,气象万千。此则岳阳楼之大观也⑨,前人之述备矣⑩。然则北通巫峡⑪,南极潇湘⑫,迁客骚人⑬,多会于此,览物之情,得无异乎?

若夫霪雨霏霏⑭,连月不开,阴风怒吼,浊浪排空,日星隐耀,山岳潜形,商旅不行,樯倾楫摧⑮,薄暮冥冥,虎啸猿啼。登斯楼也,则有去国怀乡⑯,忧谗畏讥,满目萧然,感极而悲者矣。

至若春和景明⑰,波澜不惊,上下天光,一碧万顷;沙鸥翔集,锦鳞游泳⑱,岸芷汀兰⑲,郁郁青青。而或长烟一空,浩月千里,浮光耀金⑳,静影沉璧㉑,渔歌互答,此乐何极!登斯楼也,则有心旷神怡,荣辱偕忘,把酒临风,其喜洋洋者矣。

嗟夫!予尝求古仁人之心,或异二者之为㉒。何哉?不以物喜㉓,不以己悲。居庙堂之高㉔,则忧其民;处江湖之远㉕,则忧其君。是进亦忧,退亦忧,然则何时而乐耶?其必曰"先天下之忧而忧,后天下之乐而乐"乎。噫!微斯人㉖,吾谁与归!

时六年九月十五日。

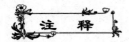

①这篇文章作于宋仁宗庆历六年（1046年），作者贬知邓州时。全文通过描写洞庭湖壮美之景色引发感慨，继而托出以天下为己任的志向和抱负，文章层层展开，匠心独运，表现出作者难能可贵的精神境界。文章骈散兼行，铿锵朗炼，精彩纷呈，是难得的名篇。

②滕子京：名宗谅，字子京，与范仲淹为同年进士，原任庆州知州，被人诬告，贬知岳州。岳州，古称巴陵郡。

③增其旧制：扩大了原来的规模。

④"刻唐贤"句：滕宗谅在给范仲淹的求记信中提到："乃分命僚属，于韩（愈）、柳（宗元）、刘（禹锡）、白（居易）、二张（张说、张九龄）、二杜（杜甫、杜牧）逮诸大人集中，摘出登临寄咏，或古或律，歌咏并赋七十八首，暨本朝大笔如太师吕公（端）、侍郎丁公（谓）、尚书夏公（竦）之众作，榜于梁栋间。"（见《全宋文》卷三九六）

⑤属：同"嘱"。

⑥胜状：最出色的景致。

⑦洞庭一湖：即洞庭湖。湖在岳阳城西，中有君山，登岳阳楼，可尽览其胜景。

⑧浩浩汤（shāng 伤）汤：水势盛大之貌。

⑨大观：壮阔宏伟的景象。

⑩前人之述：指上文的唐贤、今人诗赋。

⑪巫峡：长江三峡之一，在湖北巴东县西南。

⑫潇湘：潇水和湘江，二水合流后注入洞庭湖。

⑬迁客：受贬谪的官员。骚人：指失意的诗人，因屈原作《离骚》而得名。

⑭霪（yín 银）雨：连绵不停的雨。

⑮樯倾楫催：指航船被催毁。樯，桅杆。楫，船桨。

⑯去国：离开国都，也即离开朝廷。

⑰景：阳光。

⑱锦鳞：彩色的鱼鳞，指游鱼。

⑲岸芷汀兰：岸上的香草和水边的兰花。

⑳浮光耀金：月光映在波动的水面上泛出金光。

㉑静影沉璧：月亮映在平静的水面上像圆形的玉璧。

㉒二者：指上述悲喜两种态度。

㉓物：指外在的景物、环境。

㉔庙堂：指朝廷。

㉕江湖：指贬谪在边远地区，或闲居乡间。

㉖微：非。斯人：此人，也即古仁人。

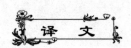

译 文

宋仁宗庆历四年春天，滕子京被贬谪到岳州当了知州。到了第二年，政事顺利，百姓和乐，许多已废弛不办的事情都兴办起来。于是重新修建岳阳楼，扩大它原来的规模，在楼上刻了唐代名人和当代人的诗赋。嘱托我写一篇文章来记述这件事。

我观赏那岳州的美好景色，都在洞庭湖之中。它含着远处的山，吞长江的水，水势浩大，无边无际，早晨阳光照耀、傍晚阴气凝结，景象千变万化。这就是岳阳楼的雄伟的景象。前人的记述已经很详尽了。既然这样，那么北面通到巫峡，南面直到潇水和湘江，降职的官史和来往的诗人，大多在这里聚会，观赏自然景物所产生的感情能没有不同吗？

像那连绵的阴雨下个不断连续许多日子不放晴，阴惨的风狂吼，浑浊的浪头冲白天空；太阳和星星失去了光辉，高山隐藏了形迹；商人和旅客不能成行，桅杆倒了、船桨断了；傍晚时分天色昏暗，老虎怒吼猿猴悲啼。在这时登上这座楼，就会产生离开国都怀念家乡，担心奸人的诽谤、害怕坏人的讥笑，满眼萧条冷落，极度感概而悲愤不端的种种情绪了。

就像春日晴和、阳光明媚，波浪不起，蓝天和水色相映，一片碧绿广阔无边；成群的沙鸥，时而飞翔时而停落，美丽的鱼儿，时而浮游，时而潜游；岸边的香草，小洲上的兰花，香气浓郁，颜色青葱。有时大片的烟雾完全消散了，明月照耀着千里大地，浮动的月光像闪耀着的金光，静静的月影像现下的白璧，渔夫的歌声互相唱和，这种快乐哪有穷尽！在这时登上岳阳楼，就有心胸开朗，精神愉快；荣辱全忘，举酒临风，高兴极了的种种感概和神态了。

唉！我曾经探求古代品德高尚的人的思想感情，或许跟上面说的两种思想感情的表现不同，为什么呢？他们不因为环境好而高兴，也不因为自己遭遇坏而悲伤；在朝廷里做高官就担忧他的百姓；处在僻远的江湖间就担忧他的君王。这就是进入朝延做官也担忧，辞官隐居也担忧。那么，什么时候才快乐呢？他们大概一定会说："在天下人的忧愁之先就忧愁，在天下人的快乐之后才快乐"吧。唉！如果没有这种人，我同谁一道呢？

写于庆历六年九月十五日。

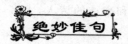
绝妙佳句

　　若夫霪雨霏霏,连月不开,阴风怒号,浊浪排空;日星隐耀,山岳潜形;商旅不行,樯倾楫摧;薄暮冥冥,虎啸猿啼。登斯楼也,则有去国怀乡,忧谗畏讥,满目萧然,感极而悲者矣。

作者简介

　　陆游,南宋大诗人。字务观,号放翁,山阴(今浙江绍兴)人。生当北宋灭亡之际,少年时即深受家庭中爱国思想的熏陶。绍兴中应礼部试,为秦桧所黜。孝宗即位,赐进士出身,曾任镇江隆兴通判。乾道六年(1170年)入蜀,任夔州通判。乾道八年,入四川宣抚使王炎幕府,投身军旅生活。后官至宝章阁待制。陆游在政治上,主张坚决抗战,充实军备,要求"赋之事宜先富室,征税事宜覈大商",一直受到投降集团的压制。晚年退居家乡,但收复中原的信念始终不渝。一生创作诗歌很多,今存九千多首,内容极为丰富。抒发政治抱负,反映人民疾苦,批判当时统治集团的屈辱投降,风格雄浑豪放,表现出渴望恢复国家统一的强烈爱国热情。《关山月》《书愤》《农家叹》《示儿》等篇均为后世所传诵。抒写日常生活,也多清新之作。亦工词,杨慎谓其纤丽处似秦观,雄慨处似苏轼。但有些诗词流露出消极情绪。他初婚唐氏,《钗头凤》等,都真挚动人。有《剑南诗稿》《渭南文集》《南唐书》《老学庵笔记》等。在母亲压迫下离异,其痛苦之情倾吐在部分诗词中,如《沈园》。

过小孤山大孤山

八月一日①，过烽火矶②。南朝自武昌至京口③，列置烽燧④，此山当是其一也。自舟中望山，突兀而已。及抛江过其下⑤，嵌岩窦穴⑥，怪奇万状，色泽莹润，亦与他石迥异。又有一石，不附山，杰然特起⑦，高百余尺，丹藤翠蔓⑧，罗络其上，如宝装屏风。是日风静，舟行颇迟，又秋深潦缩⑨，故得尽见杜老所谓"幸有舟楫迟，得尽所历妙"也⑩。

过澎浪矶、小孤山⑪，二山东西相望。小孤属舒州宿松县⑫，有戍兵⑬。凡江中独山如金山、焦山、落星之类⑭，皆名天下，然峭拔秀丽，皆不可与小孤比。自数十里外望之，碧峰巉然孤起⑮，上干云霄，已非它山可拟，愈近愈秀，冬夏晴雨，姿态万变，信造化之尤物也⑯。但祠宇极于荒残，若稍饰以楼观亭榭，与江山相发挥⑰，自当高出金山之上矣。庙在山之西麓⑱，额曰"惠济"⑲，神曰"安济夫人"。绍兴初⑳，张魏公自湖湘还㉑，尝加营葺㉒，有碑载其事。又有别祠在澎浪矶，属江州彭泽县㉓，三面临江，倒影水中，亦占一山之胜。舟过矶，虽无风，亦浪涌，盖以此得名也。昔人诗有"舟中估客莫漫狂，小姑前年嫁彭郎"之句㉔，传者因谓小孤庙有彭郎像，澎浪庙有小姑像，实不然也。

晚泊沙夹㉕，距小孤一里。微雨。复以小艇游庙中，南望彭泽、都昌诸山㉖，烟雨空濛，鸥鹭灭没，极登临之胜，徙倚久之而归㉗。方立庙门，有俊鹘搏水禽㉘，掠江东南去，甚可壮也。庙祝云㉙："山有栖鹘甚多。"

二日早，行未二十里，忽风云腾涌，急系揽。俄复开霁㉚，遂行。泛彭蠡口㉛，四望无际，乃知太白"开帆入天镜"之句为妙㉜。始见庐山及大孤㉝。大孤状类西梁㉞，虽不可拟小姑之秀丽，然小孤之旁颇有沙洲葭苇，大孤则四际渺弥皆大江，望之如浮水面，亦一奇也。

江自湖口分一支为南江，盖江西路也㉟。江水浑浊，每汲用，皆以杏仁澄之，过夕乃可饮。南江则极清澈，合处如引绳㊱，不相乱。

晚抵江州㊲，州治德化县㊳，即唐之浔阳县。柴桑、栗里，皆其地也㊴。南唐为奉化军节度㊵，今为定江军㊶。岸土赤而壁立，东坡先生所谓"舟人指点岸如顶"者也㊷。泊湓浦㊸，水亦甚清，不与江水乱。

自七月二十六日至是㊹，首尾才六日㊺，其间一日阻风不行，实以四日半，溯流行七百里云㊻。

物华风清

111

注　释

①八月一日：宋孝宗乾元六年（1170年）八月一日。

②矶：突出江边的小石山。烽火矶：即下文所谓"列置烽燧"的江边小山，在安徽安庆西长江边。

③武昌：治所在今湖北鄂城。京口：今江苏镇江。

④烽燧(suì)：古时报警的烟火。夜里点的火叫烽，白天烧的烟叫燧。

⑤"抛江"句：是说船驶离江中航道，靠近烽火矶下运行。

⑥嵌(qiàn)岩窦穴：在矶石岩壁上镶嵌着许多小洞。"窦"，小洞。

⑦杰然：特异的样子。

⑧"丹藤"三句：意谓红红绿绿的藤蔓攀附在山石之上，如同宝石装点的一座屏风。

⑨潦：雨水、积水。这里特指夏天雨水多而上涨的江水。

⑩杜老：唐代诗人杜甫。所引的诗句见其所作《次空灵岸》，诗意谓幸亏船行得慢，才得详观沿途的美妙风光。

⑪澎浪矶：在江西彭泽西北长江南岸，隔江与小孤山相对。小孤山：在安徽宿松东长江中，屹立不倚，故曰孤山，为与大孤山相区别，故称小孤山。又"澎浪"谐音"彭郎""小孤"谐音"小姑"，加以二山相对，因此在民间产生了小姑嫁彭郎的传说。下面陆游所引苏轼的诗句及相关考订，都是针对这个传说而发的。

⑫舒州宿松县：今属安徽。"舒州"，是北宋地名，治所在今安徽潜山县。南宋时更名为安府路。

⑬戍(shù)兵：防守的士兵。

⑭金山：在江苏镇江，原突出江中，现因沙涨已与江岸相连。焦山：与金山相峙。落星：山名，在江苏南京市。以上三山，均为长江沿岸的名山。

⑮巉(chán)然：高耸险峻的样子。

⑯信：确实。造化：某种创造化育万物的神秘力量。尤物：最突出的东西。

⑰发挥：在这里是映衬的意思。

⑱麓(lù)：山脚下。

⑲"额曰"二句：谓庙前扁额上写的是"惠济"，庙中供奉的神为"安济夫

人"。

⑳绍兴:宋高宗的年号,共三十二年(1131年—1162年)。

㉑张魏公:即南宋著名抗金将领张浚,封魏国公,故称。

㉒葺茸(qì):建造修补。

㉓江州彭泽县:今江西彭泽。

㉔"昔人"句:这是苏轼的诗句,意谓船上的商人不要放肆轻狂,小姑已于前年嫁给了彭郎。"估客",外出经商的人。"漫狂",放肆轻狂。苏诗是警告行船的人不要亵渎神灵,否则会受到惩罚。

㉕泊:停船靠岸。沙夹:地名。

㉖都昌:今江西都昌。

㉗徙(xǐ)倚:漫步徘徊。

㉘俊:英俊。鹘(hú):一种鹰类猛禽。搏:攫取。

㉙庙祝:神庙中管理香火的人。

㉚俄:一会儿。霁(jì):雨过天晴。

㉛彭蠡(lǐ)口:彭蠡湖水注入长江的地方。在今江西湖口。彭蠡湖是鄱阳湖的古称,在江西省北部。

㉜太白:唐代诗人李白的字。所引诗句见《下寻阳城泛彭蠡寄黄判官》。

㉝庐山:一名匡山,在江西省北部,耸立鄱阳湖、长江之滨。大孤:山名,在鄱阳湖出口处,横扼湖口,孤峰独耸。

㉞西梁:山名,在安徽和县境内,临长江北岸。与南岸东梁山隔江对峙。

㉟江西路:宋代江南西路的简称,治所在洪州(今江西南昌),辖境相当今江西鄱阳湖、鹰厦铁路以西全部及湖北阳新、大冶等县。

㊱引绳:拉直一条绳子,比喻界限分明。

㊲江州:州治在今江西九江市。

㊳德化县:宋置县名,今废,其地当今九江市。

㊴柴桑:在今九江市西南。栗里:在今九江市西南陶村西。东晋诗人陶渊明家乡是柴桑,曾移居栗里。其地:属于德化县地。

㊵奉化军:南唐军镇名。节度:唐代节度使为朝廷委任持节调度一地区军事的使臣,这里用作动词,意谓管辖。这句谓德化在军事上,南唐时归奉化节度使管辖。

㊶今:指宋朝。军:宋代地方行政单位。一说定江军在江西西北部修水以南一百五十里处,北宋设置。这句意谓如今归定江节度使管辖。

㊷东坡先生:称苏轼。赪(chēng):红色。

㊸溢浦:即溢水,又称溢江,今名龙开河。源出江西瑞昌西南青山。东流至九江市西,北入长江。

㊹是:指这一天。

㊺首尾:等于说"前后",总共的意思。

㊻溯:逆流而行。

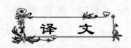

译 文

八月一日,(船)经过烽火矶。南朝以来,从武昌(今鄂城)到京口,都设置了很多(报警的)烽火台,这座山应该是其中之一。从船上看山,只是见到高耸的山峰罢了。等到抛锚停船后,(我)走过山下,(看到)岩石镶嵌在洞穴里,奇形怪状,色彩光亮润泽,也和别的石头不大一样。又有一块巨石,与烽火矶不相连。高峻雄伟地拔地而起,高约一百多尺,有红藤绿蔓蒙络在它上面,象宝石镶嵌的屏风。这一天,风平浪静,船走得很慢,又因为深秋,江水较浅,所以能看到这里的一切美景,(正象)杜甫所说的"幸有舟楫迟,得迟所历妙"。经过澎浪矶、小孤山,这两座山东西相望。

　　小孤山属于舒州宿松县,山上有兵戍守着。所有江中的独山,如金山、焦山、落星山之类,都是名闻天下的,但从峭拔秀丽上看,都不能和小孤山相比。从几十里外看去,小孤山碧绿的山峰高高耸立着,直插云霄,已经不是别的山可以相比的了。越近(看)越秀丽,冬天,夏天,晴天,雨天,姿态变化万千,确实是自然界风景最优美的地方。只是(山上的)庙宇太荒凉残破了,如果再增加些楼台亭榭,与山光水色互相辉映,自然会比金山更漂亮了。庙在西边山脚下,匾额上写着"惠济"二字,(里面供奉的)神叫"安济夫人"。绍兴初年,魏国公张浚从湖南回来,曾经修缮过,有座碑记载了这件事。又有另一座庙在澎浪矶,在江州彭泽县境内,三面临着长江,山的倒影映在水中,也是一处名山胜景。船过澎浪矶,即使无风,浪也很大,澎浪矶大概因此而得名吧。

　　古人有诗:"舟中估客莫漫狂,小姑前年嫁彭郎。"传说的人说小孤山的庙里有彭郎像,澎浪矶庙里有小姑像,其实并不是这样的。这天晚上,(我的船)就停在沙夹,距小孤山大约一里远。天下着雨,(我)又乘小艇到小孤山的庙中浏览。向南远望,彭泽、都昌一带山峦,烟雨迷茫,沙鸥和白鹭时隐时现。登山临水浏览名胜可算登峰造极了,徘徊了很长时间才回去。刚到庙门口站着,有一只健美的老鹰正在追逐水鸟,掠过江面东南方向飞去,非常壮观。守庙的人说,山上栖息着很多老鹰。

　　第二天早晨,(船)行不到二十里,忽然风起云涌,(于是)急忙系上揽绳。不一会儿,天又转晴,(船又)继续前行。泛舟到彭蠡口,四面望去,没有边际,这时我才领会李白"开帆入天镜"这句诗的妙处。这时才看到庐山和大孤山。大孤山的样子象西梁山,虽然比不上小孤山那样秀丽,但是小孤山的旁边,很有几块沙洲和初生的芦苇;大孤山的四周却是茫茫无际的江水,远望它象浮在水面上一样,也是一种奇观呀! 长江从湖口分出一支成为南江,是江西路一带水域。(这一段)长江的水很浑浊,每逢要汲用江水时,都需用杏仁来澄清,过一个晚上才能喝。南江的水却很清,两江的水合流处象用绳尺划分过一样,不相混淆。晚上到达江州,州府设在德化县,就是唐代的浔阳县。柴桑、栗里,都属于江州地面;南唐时由奉化军管辖,现在是定江军。岸上的土是红色的,象墙一样起直立着,东坡先生所说的"舟人指点岸如赪",说的就是这个。(船)停泊在溢浦口,水也是很清的,不和江水相混。从七月二十六日到今天,前后才六天,其中有一天因为风阻(船)不能行,实际用了四天半的时间,逆水而上,航行了七百里。

上有三四十家,妻子鸡犬臼碓皆具,中为阡陌相往来,亦有神祠,素所未睹也。舟人云,此尚其小者耳,大者于筏上铺土作蔬圃,或作酒肆,皆不复能入夹,但行大江而已。是日逆风挽船,自平旦至日昳才行十五六里。泊刘官矶,旁蕲州界也。儿辈登岸,归云:"得小径,至山后,有陂湖渺然,莲芰甚富。沿湖多木芙蕖,数家夕阳中,芦藩茅舍,宛有幽致,而寂然无人声。有大梨,欲买之,不可得。湖中小艇采菱,呼之亦不应。更欲穷之,会见道旁设机,疑有虎狼,遂不敢往。"刘官矶者,传云汉昭烈入吴尝舣舟于此。晚,观大鼋浮沉水中。

作者简介

　　张岱(1597年—1679年)，明末清初散文家，字宗子，又字石公，号陶庵，别号蝶庵居士，山阴(今浙江绍兴)人。

　　张岱是公认最伟大的明代散文家，著有《陶庵梦忆》《西湖梦寻》《三不朽图赞》等绝代文学名著他出身仕宦家庭，早年过着衣食无忧的生活，晚年穷困潦倒，避居山中，仍然坚持著述。一生落拓不羁，淡泊功名。张岱爱好广泛，颇具审美情趣。喜欢游山逛水，深谙园林布置之法；既懂音乐，又谙弹琴制曲；善品茗，茶道功夫相当深厚；喜欢收藏，鉴赏水平浪高；又精通戏曲，编导评论都要求至善至美。前人说："吾越有明一代，才人称涂文长、张陶庵，涂以奇警胜，先生以雄浑胜。"

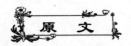

西湖七月半

西湖七月半，一无可看，止可看看七月半之人②。看七月半之人，以五类看之③：其一，楼船箫鼓④，峨冠盛筵⑤，灯火优傒⑥，声光相乱，名为看月而实不见月者，看之⑦。其一，亦船亦楼，名娃闺秀⑧，携及童娈⑨，笑啼杂之，环坐露台⑩，左右盼望⑪，身在月下而实不看月者，看之。其一，亦船亦声歌，名妓闲僧，浅斟低唱⑫，弱管轻丝⑬，竹肉相发⑭，亦在月下，亦看月而欲人看其看月者，看之。其一，不舟不车⑮，不衫不帻，酒醉饭饱，呼群三五⑯，跻入人丛⑰，昭庆、断桥⑱，呼嘈杂⑲，装假醉，唱无腔曲⑳，月亦看，看月者亦看，不看月者亦看，而实无一看者，看之。其一，小船轻幌㉑，净几暖炉，茶铛旋煮㉒，素瓷静递㉓，好友佳人，邀月同坐，或匿影树下㉔，或逃嚣里湖㉕，看月而人不见其看月之态，亦不作意看月者㉖，看之。

杭人游湖㉗，巳出酉归㉘，避月如仇。是夕好名㉙，逐队争出，多犒门军酒钱㉚。轿夫擎燎㉛，列俟岸上㉜，一入舟，速舟子急放断桥㉝，赶入胜会。以故二鼓以前㉞，人声鼓吹㉟，如沸如撼㊱，如魇如呓㊲，如聋如哑㊳。大船小船一齐凑岸，一无所见，止见篙击篙㊴，舟触舟，肩摩肩㊵，面看面而已。少刻兴尽，官府席散，皂隶喝道去㊶。轿夫叫船上人，怖以关门㊷，灯笼火把如列星㊸，一一簇拥而去。岸上人亦逐队赶门，渐稀渐薄，顷刻散尽矣。

　　吾辈始舣舟近岸⁴⁴，断桥石磴始凉⁴⁵，席其上⁴⁶，呼客纵饮⁴⁷。此时月如镜新磨⁴⁸，山复整妆，湖复颒面⁴⁹，向之浅斟低唱者出⁵⁰，匿影树下者亦出。吾辈往通声气⁵¹，拉与同坐。韵友来⁵²，名妓至，杯箸安⁵³，竹肉发。月色苍凉，东方将白，客方散去。吾辈纵舟酣睡于十里荷花之中⁵⁴，香气拍人⁵⁵，清梦甚惬⁵⁶。

物华风清

注　释

①西湖：即今杭州西湖。七月半：农历七月十五，又称中元节。

②"止可看"句：谓只可看那些来看七月半景致的人。止：同"只"。

③以五类看之：把看七月半的人分作五类来看。

④楼船：指考究的有楼的大船。箫鼓：指吹打音乐。

⑤峨冠：头戴高冠，指士大夫。盛筵：摆着丰盛的酒筵。

⑥优傒(xī)：优伶和仆役。

⑦看之：谓要看这一类人。下四类叙述末尾的"看之"同。

⑧娃：美女。闺秀：有才德的女子。

⑨童娈(luán)：容貌美好的家僮。

⑩露台：船上露天的平台。

⑪盼望：都是看的意思。

⑫浅斟：慢慢地喝酒。低唱：轻声地吟哦。

⑬弱管轻丝：谓轻柔的管弦音乐。

⑭竹肉：指管乐和歌喉。

⑮"不舟"二句：不坐船，不乘车；不穿长衫，不戴头巾，指放荡随便。"帻(zé)"，头巾。

⑯呼群三五:呼唤朋友,三五成群。

⑰跻(jī):通"挤"。

⑱昭庆:寺名。断桥:西湖白堤的桥名。

⑲呌(jiāo):呼叫。

⑳无腔曲:没有腔调的歌曲,形容唱得乱七八糟。

㉑幌(huǎng):帘幔。

㉒铛(chēng):温茶、酒的器具。旋(xuàn):随时,随即。

㉓素瓷静递:雅洁的瓷杯无声地传递。

㉔匿(nì)影:藏身。

㉕逃嚣:躲避喧闹。里湖:西湖的白堤以北部分。

㉖作意:故意,作出某种姿态。

㉗杭人:杭州人。

㉘巳(sì):巳时,约为上午九时至十一时。酉:酉时,约为下午五时至七时。

文学常识丛书

㉙是夕好名:七月十五这天夜晚,人们喜欢这个名目。"名",指"中元节"的名目,等于说"名堂"。

㉚犒(kào):用酒食或财物慰劳。门军:守城门的军士。

㉛擎(qíng):举。燎(liào):火把。

㉜列俟(sì):排着队等候。

㉝速:催促。舟子:船夫。放:开船。

㉞二鼓:二更,约为夜里十一点左右。

㉟鼓吹:指鼓、钲、箫、笳等打击乐器、管弦乐器奏出的乐曲。

㊱如沸如撼:像水沸腾,像物体震撼,形容喧嚷。

㊲魇(yǎn):梦中惊叫。呓:说梦话。这句指在喧嚷中种种怪声。

㊳如聋如哑:指喧闹中震耳欲聋,自己说话别人听不见。

120

㊴篙：用竹竿或杉木做成的撑船的工具。

㊵摩：碰，触。

㊶皂隶：衙门的差役。喝道：官员出行，衙役在前边吆喝开道。

㊷怖以关门：用关城门恐吓。

㊸列星：分布在天空的星星。

㊹舣（yǐ）：停船靠岸。

㊺磴（dèng）：石头台阶。

㊻席其上：在石磴上摆设酒筵。

㊼纵饮：尽情喝。

㊽镜新磨：刚磨制成的镜子。古代以铜为镜，磨制而成。

㊾颒（huì）面：洗脸。

㊿向：方才，先前。

(51)往通声气：过去打招呼。

(52)韵友：风雅的朋友，诗友。

(53)箸（zhù）：筷子。安：放好。

(54)纵舟：放开船。

(55)拍：扑。

(56)惬（qiè）：快意。

译文

西湖到了七月半，没有一样可看的东西，只能看看那些看七月半的人。看七月半的人，可以分成五类来看他们。一类是，坐着楼船，带着乐师，主人戴着士人的高冠，盛筵摆设在面前，灯火通明，倡优歌妓在表演，奴仆婢女在奔忙，杂乱的声音，晃动的灯扰乱了湖面的宁静，名义上是欣赏月色，却根本不看月。要看这种人。一类是，有的坐船，也有的坐楼船，或是有名的歌妓，或是大家闺秀，带着美貌的少年男子，笑声叫声夹杂在一起，船上的人环坐在平台上，只顾盼自己周围，身在月下却根本不看月。要看看这种人。一类是，也坐着船，也带着乐师和歌妓，或是有名的歌妓，或是闲散的僧人，他们慢慢地喝酒，轻轻地唱歌，乐器低声地吹弹，箫笛声、歌声相互配合，这种人也在月下，既看月，又希望别人看他们欣赏月色的姿态。要看看这种人。一类是，既不坐船，也不坐车，他们衣衫不整，连头巾也不带，喝醉了酒，吃饱了饭，吆喝着三五成群，挤到人丛中，在昭庆、断桥这些景点上乱呼乱叫，装假醉，哼唱着无腔无调的曲子，这些人，月色也看，看月的人也看，不看月的人也看，但实际上什么也不看。要看看这种人。一类是，坐上罩有薄幔的船，带着洁净的茶几，烧茶的火炉，茶水当即煮起，白色的茶具慢慢地传递，船上坐的人是好友，或是志趣相投之人，他们邀请月亮也坐上他们的坐席，有时停船在树影之下，有时驾船进入里西湖躲开嚣杂的喧闹，他们欣赏月色，但人们却看不见他们欣赏月色的姿态，他们也并不注意那些看月的人。要看看这种人。

杭州人游西湖的习惯，是巳时出城，酉时回城，错开了月色最好的时光，如同避开仇人。这一晚，常常贪求那欣赏月色的名声，成群结队地争看出城，多给门军赏些酒钱，轿夫举着火把，排列在湖岸等着。人一上船，就催促船夫快些赶到断桥去，好赶上那里最热闹的时候。因此，二更以前，西湖上的人声、奏乐声，如开水沸腾，如房屋撼动，如梦魇时的喊叫，又如喃喃的梦话，如聋人叫喊，又如哑人咿语，大船小船一齐靠岸，什么景致都看不见，只看见船篙击打船篙，船帮碰着船帮，人肩并着肩，脸对着脸而已。过一会儿，游兴尽了，官府摆的赏月筵席散了，差役吆喝着开道，官轿离开了。轿夫呼叫船上的人，用城门要关来吓唬那些游人，灯笼火把像一列列星光，人们一群群簇拥着灯笼火把离开了。原在岸上的人也成群列队地赶在关

文学常识丛书

122

城门以前进城，湖上人渐渐稀少，不一会儿就走尽了。

　　这时候我们才拢船靠岸。断桥上的石级才凉下来，我们在上面铺上席子，招呼客人一同纵情饮酒。这时候月亮如同刚刚磨好的铜镜，山也重新梳妆，湖也重新洗面，刚才那些慢慢饮酒、低声唱曲的人出现了，那些在树影下停船的人也出来了。我们和这些人打招呼，互致问候，拉着他们同坐一起，饮酒说笑。文雅有趣的朋友来了，有名的歌妓也到了，酒杯碗筷安放好了，乐声、歌声也开始传出来。月色寒凉皎洁，东方将要发白的时候，客人才各自离开。我们让船荡到十里荷花之中，在船中酣睡。荷花香气催我们入睡，做了一个非常愉快的美梦。

物华风清

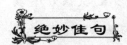

　　杭人游湖，巳出酉归，避月如仇。是夕好名，逐队争出，多犒门军酒钱，轿夫擎燎，列俟岸上。一入舟，速舟子急放断桥，赶入胜会。以故二鼓以前，人声鼓吹，如沸如撼，如魇如呓，如聋如哑。大船小船，一齐凑岸，一无所见，止见篙击篙，舟触舟，肩摩肩，面看面而已。少刻兴尽，官府席散，皂隶喝道去。轿夫叫船上人，怖以关门，灯笼火把如列星，一一簇拥而去。岸上人亦逐队赶门，渐稀渐薄，顷刻散尽矣。

作者简介

　　恽敬(1757 年—1817 年)清代散文家。字子居,号简堂,江苏阳湖(今常州)人。乾隆举人,官吴城同知,后致力于古文,与张惠言同为"阳湖派"创始人。其文推崇孔、孟之道,宣扬"性""命"之说。所作《三代因革论》,虽言"三代之治"有因有革,又认为"伦物之纪,名实之效,等威之辨"(即封建伦理纲常与等级制度等)永世不变,与张惠言思想倾向相同。所著有《大云山房文稿》等。

文学常识丛书

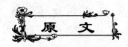

物华风清

湖心亭看雪①

崇祯五年十二月②,余住西湖。大雪三日,湖中人鸟声俱绝。

是日,更定矣③,余拏一小舟④,拥毳衣炉火⑤,独往湖心亭看雪。雾凇沆砀⑥,天与云与山与水,上下一白。湖上影子,惟长堤一痕⑦、湖心亭一点,与余舟一芥、舟中人两三粒而已。

到亭上,有两人铺毡对坐,一童子烧酒炉正沸。见余大喜,曰:"湖中焉得更有此人?"拉余同饮。余强饮三大白而别⑧。问其姓氏,是金陵人,客此。

及下船,舟子喃喃曰⑨:"莫说相公痴⑩,更有痴似相公者。"

注释

①此文描写西湖雪景,如诗如画,情趣盎然。湖心亭,位于杭州西湖中。

②崇祯五年:即 1632 年。

③更定:入夜人静后。古人把一夜分为五更,一更约为两小时。

④拏(ráo 饶):通"桡",船桨。此指用桨划。

⑤毳(cuì 翠)衣:皮毛衣。

⑥雾凇：寒冷天雾在树上凝结成如雪一样的松散水晶，也叫树挂。沆砀（hàng dàng 杭去声荡）：天地间白茫茫的水气。

⑦长堤：西湖中的苏堤。

⑧大白：大酒杯。

⑨喃喃：小声念叨。

⑩相公：原本是对宰相的尊称，宋元以后成了对人的尊称。

译文

　　崇祯五年十二月，我在杭州西湖。下了三天大雪，湖中游人全无，连鸟声也都听不见了。这一天天刚刚亮，我划着一只小船，穿着皮袍，带着火炉，一个人去湖心亭欣赏雪景。树挂晶莹，白气弥漫，天、云、山、水，上上下下一片雪白。湖上能见到的影子，只有西湖长堤一道淡淡的痕迹，湖心亭是一片白中的一点，和我的船像一片漂在湖中的草叶，船上的人像两三粒小小的芥子，唯此而已。

　　到了湖心亭上，已经有两个人铺着毡席，对坐在那儿，一个小仆人烧着酒炉，炉上的酒正在沸腾。那两个人看见我，十分惊喜地说："湖中哪能还有这样赏雪的痴情人！"拉着我一同喝酒。我勉强喝了三大杯就告别。问他们的姓名，原是金陵人在此地作客。我走上自己船的时候，替我驾船的人喃喃自语地说："不要说先生痴，还有像你一样痴的人。"

　　到亭上，有两人铺毡对坐，一童子烧酒炉正沸。见余，大喜曰："湖中焉得更有此人！"拉余同饮。余强饮三大白而别。问其姓氏，是金陵人，客此。及下船，舟子喃喃曰："莫说相公痴，更有痴似相公者！"

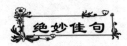

绝妙佳句

　　余挐一小舟,拥毳衣炉火,独往湖心亭看雪。雾凇沆砀,天与云与山与水,上下一白。湖上影子,惟长堤一痕、湖心亭一点,与余舟一芥、舟中人两三粒而已。

物华风清

127

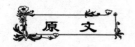

游庐山记①

庐山据浔阳、彭蠡之会②,环三面皆水也。凡大山得水,能敌其大以荡潏之③,则灵。而江湖之水,吞吐夷旷④,与海水异。故并海诸山多壮郁⑤,而庐山有娱逸之观⑥。

嘉庆十有八年三月己卯⑦,敬以事绝宫亭⑧,泊左蠡⑨。庚辰,艤星子⑩,因往游焉。

是日,往白鹿洞⑪,望五老峰⑫,过小三峡⑬,驻独对亭,振钥顿文会堂⑭。有桃一株,方花;右芭蕉一株,叶方苗。月出后,循贯道溪,历钓台石、眠鹿场,右转,达后山,松杉千万为一桁⑮,横五老峰之麓焉。

辛巳,由三峡涧⑯,陟欢喜亭。亭废,道险甚,求李氏山房遗址⑰,不可得。登含鄱岭⑱,大风啸于岭背,由隧来⑲。风止,攀太乙峰⑳,东南望南昌城㉑,迤北望彭泽㉒,皆隔湖,湖光湛湛然㉓。顷之,地如卷席㉔,渐隐;复顷之,至湖之中;复顷之,至湖壖㉕,而山足皆隐矣。始知云之障,自远至矣。于是四山皆蓬蓬然㉖。而大云千万成阵,起山后,相驰逐,布空中,势且雨,遂不至五老峰,而下窥玉渊潭㉗,憩栖贤寺㉘。回望五老峰,乃夕日穿漏㉙,势相倚负㉚。返,宿于文会堂。

壬午,道万杉寺㉛,饮三分池,未抵秀峰寺里所㉜,即见瀑布在天中③。既及门④,因西瞻青玉峡⑤,详睨香炉峰⑥。盥于龙井,求太白读书堂⑦,不可得。返,宿秀峰寺。

癸未,往瞻云⑧,迂道绕白鹤观,旋至寺,观右军墨池⑨。西行,寻栗里卧醉石⑩,石大于屋,当涧水。途中访简寂观⑪,未往。返,宿秀峰寺,遇一微头陀⑫。

甲申,吴兰雪携廖雪鹭、沙弥朗圆来⑬,大笑,排闼入⑭。遂同上黄岩⑮,侧足逾文殊台⑯,俯玩瀑布下注,尽其变。叩黄岩寺,蹑乱石⑰,寻瀑布源,溯汉阳峰⑱,径绝而止。复返,宿秀峰寺。兰雪往瞻云,一头陀往九江。是夜大雨。在山中五日矣。

乙酉,晓望瀑布,倍未雨时。出山五里所,至神林浦⑲,望瀑布益朗,山沈沈苍酽一色⑳,岩谷如削平。顷之,香炉峰下,白云一缕起,遂团团相衔出;复顷之,遍山皆团团然;复顷之,则相与为一。山之腰皆弇之㉑,其上下仍苍酽一色,生平所未睹也。

夫云者,水之征㉒,山之灵所泄也㉓。敬故于是游所历,皆类记之㉔,而于云独记其诡变,足以娱性逸情如是,以诒后之好事者焉㉕。

物华风清

129

注 释

①庐山:在江西西北部,北临长江南岸之九江,东南为鄱阳湖,三面环水,诸峰蝉联,各负其盛,自古为我国著名风景胜地,故多名胜。嘉庆十八年(1813年),作者任南昌府同知,驻吴城镇,因得遍游庐山。此文记述其游庐山南麓数日经历之景地,对重点景观稍作描写,说明庐山因得水而有云气、瀑布之盛,足以娱情逸兴。文笔简炼、灵活,记逐日游踪,却有一个

主旨。

②浔阳:浔阳江,指长江流经九江市之一段。因九江古为浔阳,故名。彭蠡(lí 离):古彭蠡泽,即今鄱阳湖。会:会合处。

③"能敌"句:谓山与水流之冲激,水势喷涌荡漾相当,则有山水之奇美。荡潏(jué 决),水流激荡涌动貌。

④吞吐:指江水、湖水在交会处彼此忽进忽退。夷旷:平坦广阔,谓水面之大。

⑤并:通"傍",靠近。壮郁:雄壮而草木繁盛。

⑥娱逸之观:使人愉悦舒畅之景象。

⑦有:同"又",常用以连接整数和零数。三月己卯:古代常用干支纪年、纪日。此指那年三月十二日。下文"庚辰""辛巳""壬午"等,为此后数日。

⑧绝:渡过。宫亭:《寰宇记》:"鄱阳湖南归南昌界者,曰宫亭湖。"

⑨左蠡:鄱阳湖北部亦名左蠡湖,湖滨有左蠡镇。

⑩檥(yǐ 以):通"舣",泊船。星子:县名,濒鄱阳湖西岸。

⑪白鹿洞:在星子县北庐山五老峰下。唐李渤与兄李涉读书庐山,蓄白鹿以自随,后李渤为江州刺史,于故处建台榭,名白鹿洞。宋朱熹曾讲学于此,后为有名的书院。

⑫五老峰:庐山第三高峰(海拔 1358 米),山石耸峙,如五老人骈肩而立。

⑬小三峡:洞名,以其小于三峡,故名。

⑭振钥:用钥匙开锁。顿:停留。文会堂:在白鹿洞书院西北海会寺内。

⑮桁(háng 航):量词,用于成横行排列之物。韦庄《灞陵道中作》诗:"一桁晴山倒碧峰。"

⑯三峡涧：在五老峰西南，承诸峰之水，水流石间，汹涌腾跃，喷珠溅沫。

⑰李氏山房：宋李常藏书处。李常，江西建昌人，少时读书庐山，哲、神时为御史中丞。出仕时，藏书于此，称李氏山房。

⑱含鄱岭：在五老峰西，以面向鄱阳湖而得名。

⑲隧：指山谷。

⑳太乙峰：在含鄱岭西，为庐山著名山峰。

㉑南昌城：指南昌旧城。

㉒彭泽：县名，其县治在今天的湖口。

㉓湛湛然：清澈貌。

㉔地如卷席：大地逐次隐没，如同被卷起的席子。

㉕湖壖（ruán 软阳平）：湖岸边。

㉖蓬蓬然：模糊不清貌。《庄子·秋水》："子蓬蓬然起于北海。"

㉗玉渊潭：在三峡涧东南，涧水急流落入其中，"悉凝作玻璃色"，故名。

㉘憩（qì 气）：休息。栖贤寺：在五老峰下，南齐参军张希之建，唐李渤曾读书于其中。为庐山五大丛林之一。

㉙夕日穿漏：夕阳透过云隙照下。

㉚势相倚负：比喻五老峰的形状。

㉛万杉寺：在庐山山南庆云峰下，旧称庆云院、庆云庵，宋代大超和尚时改称今名。

㉜里所：约一里。所，通"许"，约计之词。

㉝瀑布：据《庐山志》，瀑布水"土人谓之泉湖，水出山腹中，挂流三、四百丈，飞湍出林表，望之如悬索"。黄宗羲《庐山游记》谓李白《望庐山瀑布》诗"挂流三百丈，喷壑数十里"，即咏此。

㉞门：指秀峰寺山门。

㉟青玉峡:在秀峰寺前,碧山削立,水色莹洁,风景秀丽,壁石上多刻名人题咏。

㊱详睇:注目观看。香炉峰:《太平寰宇记》:"香炉峰在庐山西北,其峰尖圆,烟云聚散,如博山炉之状。"

㊲太白读书堂:李白性喜名山,以庐山水石俱佳,卜筑五老峰下,有书堂旧址。(参看《方舆胜览》卷十五)

㊳瞻云:瞻云寺。在金轮峰下。

㊴右军墨池:在瞻云寺(今日归宗寺)内。相传东晋书法家王羲之曾于池中洗墨砚。

㊵栗里:地名。在今江西九江市西南。据《南史·陶潜传》载:陶渊明游庐山,江州刺使王弘令渊明故人庞通之携酒具,于栗里邀之。后讹传为陶渊明故居。醉卧石:在栗里附近,石大可坐数十人。相传陶渊明曾醉卧石上,故名。

㊶简寂观:又名太虚观。相传南朝宋代道士陆修静曾隐居于此。

㊷微头陀:小和尚。头陀,和尚的别称,多指行脚僧。

㊸廖雪鹭、沙弥朗圆:均为人名,生平不详。沙弥,亦为和尚之别称。

㊹排闼(tà 榻):推门。

㊺黄岩:庐山地名,其地有黄岩寺。

㊻侧足:侧足而行,谓山路极窄狭。

㊼毗(cǐ 此):踩。

㊽汉阳峰:为庐山北部绝顶,登之可俯视江汉,故名。

㊾神林浦:指庐山下神林湖滨。

㊿沈(tán 坛)沈:幽深貌。苍酽:深青色。

51弇(yǎn 演):遮蔽。

52征:表征。

⑤"山之灵"句：谓云为山之灵秀的表露。泄，宣泄，表露。

⑭类记之：犹说一一记之。类，全，依次。

⑮诒(yí夷)：通"贻"，留给。

　　庐山处于浔阳江和鄱阳湖交会的地方，围绕着它的三面都是水。凡是大山得到水的衬托，能抵得住它的气势，让它涌荡腾跃，就称得上灵气所钟。而江和湖的水，吞吐进出，平稳宽阔，与海水不一样。所以靠海的山岭大多显得雄壮深沉，而庐山具有清逸动人的景致。

　　嘉庆十八年三月十二日，我因有事渡过鄱阳湖，泊船左蠡。十三日，船停靠在星子县境，于是便前去游览。这一天前往白鹿洞，眺望五老峰，穿过小三峡，停驻于独对亭，打开锁，在文会堂止息。那里有一棵桃树，桃花正开；右边有一株芭蕉，蕉叶才刚刚抽出。月出以后，沿着贯道溪，经过钓台石、眠鹿场，转向右走到后山。成千上万棵松树和杉树像屋上的桁梁那样，横贯在五老峰的山脚处。

　　十四日，经由三峡涧，登上欢喜亭。亭子已经残坏，道路非常危险。寻求李氏山房的遗址，没有能够找到。登上含鄱岭，大风在岭后面呼啸着，沿着通道吹来。风停后，爬上太乙峰。向东南方遥望南昌城，斜北远眺彭泽县，都隔着鄱阳湖，湖水清亮亮地闪烁着波光。过了一会儿，地面就像收卷席子那样，由远而近渐次隐没；再过一会儿，暗影已移到湖面中央；再过一会儿，延伸到湖岸，然后连山脚都看不清了。这才知道是云朵遮蔽了天空，由远而来。这时候四周围的山峰都一派云气腾涌的样子，而大块的浮云不计其数，成群结队，从山岭后涌起，互相奔驰追逐，布满空中，看样儿将要下雨。这样就没到五老峰而改行下山。观看玉渊潭，在栖贤寺小歇。回头望五老峰，只见夕阳透过云层的空隙照射下来，像是跟峰峦互相依靠着似的。回来，在文会堂住宿过夜。

十五日，走过万杉寺，在三分池喝茶。离秀峰寺还有一里路左右，就望见瀑布悬挂在半空中间。等进了寺门，于是朝西面瞻望青玉峡，仔细地观望香炉峰，在龙井洗手。寻求李白的读书堂，未能找见。返回，在秀峰寺内过夜。

十六日，去瞻云峰，迂回取道绕行过白鹤观。随即到了归宗寺，观赏了王羲之的墨池。再往西去，探访栗里的陶渊明卧醉石，卧醉石比屋子还高大，正对着涧水。途中寻访简寂观，但没有前去。返回，住宿在秀峰寺，遇见了一微头陀。

十七日，吴兰雪带着廖雪鹭和小和尚朗园来，大声喧笑着，推门直入。于是大家一起上黄岩峰，侧身跕着脚步越过文殊台，俯身欣赏瀑布飞流直下，一直望到看不见为止。登门求访黄岩寺，踩着乱石去探寻瀑步的源头，迎着汉阳峰向上，到路行不通了才停下脚步。重又返回宿于秀峰寺。吴兰雪去瞻云峰，而一微头陀去九江。这天夜里下起了大雨。算来在山中已经五天了。

十八日，早晨望瀑布，比下雨之前大了一倍。出山五里左右，到了神林浦，望瀑布更为清楚。山深沉沉的，一派浓郁的深青色，岩谷像用刀削过一般平直。不一会儿，香炉峰下一缕白云袅袅上升，于是成团的白云互相衔接着出现；又一会儿，满山都见团团的云朵；再一会儿，云团互相汇合成为一体。山的半腰都被云围封住了，而山腰以上和以下仍然是一色浓重的深青，这是我生平所从未见到过的。云，是水的象征，是山的灵气外泄的结果。所以我对于这次游览所经过的地方，都只大体上记述一下，而唯独对于云，特地记下它像这样地变幻奇巧，足以悦人心性、散和情兴，以留给以后的感兴趣者。

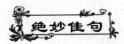

敬故于是游所历，皆类记之，而于云独记其诡变足以娱性逸情如是，以诒后之好事者焉。

作者简介

　　梅曾亮(1786 年—1856 年)，原名曾荫，字伯言，又字葛君，江苏上元(今南京)人，祖籍安徽宣城，曾祖时移籍江苏。他生长于一个颇有文化氛围的诗书家庭，其祖辈为著名数学家梅文鼎，其父梅冲，饱学诗书，嘉庆五年(1800 年)中举，母亲侯芝亲自改订过弹词《再生缘》。因此他从幼年时代，就受到良好的家庭环境熏陶。"少时工骈文"，年轻时以诗文见长，所交管同、方东树、姚椿、毛岳生等，皆文学之士。18 岁时拜姚鼐为师。"姚鼐主讲钟山书院，曾亮与邑人管同俱出其门，两人交最笃，同肆为古文，鼐称之不容口，名大起"。嘉庆二十五年(1820 年)中举，道光二年(1822 年)中进士，以知县衔分派贵州，因父母年老，未去赴任，于次年告病缴照。此后数年，曾入安徽巡抚邓廷桢与江苏巡抚陶澍之幕，然都历时不久。道光十二年，他再次入京，十四年授户部郎中官，直到道光二十九年告官回乡，在京师度过了近二十年的官宦生涯。他自称："曾亮居京师二十年，静观人事，于消息之理，稍有所悟，久无复进取之志，冒强名官，直一逆旅客耳。"以至他发出"我寄闲官十九年""故人怜我久京华，宦味谁知薄似纱"的感叹。终于在道光二十九年，告别京城朋友，回到阔别已久的故乡。

游小盘谷记①

　　江宁府城②,其西北包卢龙山而止③。余尝求小盘谷,至其地,土人或曰无有。惟大竹蔽天,多岐路,曲折广狭如一,探之不可穷。闻犬声,乃急赴之,卒不见人。

　　熟五斗米顷④,行抵寺,曰归云堂。土田宽舒,居民以桂为业。寺傍有草径甚微,南出之,乃坠大谷。四山皆大桂树,随山陂陀⑤。其状若仰大盂,空响内贮,謦咳不得他逸⑥。寂寥无声,而耳听常满。渊水积焉,尽山麓而止。

　　由寺北行,至卢龙山。其中阮谷洼隆⑦,若井灶龈腭之状⑧。或曰:"遗老所避兵者,三十六茅庵,七十二团瓢⑨,皆当其地。"日且暮,乃登山循城而归。暝色下积,月光布其上。俯视万影摩荡⑩,若鱼龙起伏波浪中。诸人皆曰:"此万竹蔽天处也。所谓小盘谷,殆近之矣。"

　　同游者,侯振廷舅氏,管君异之⑪,马君湘帆,欧生岳庵,弟念勤,凡六人。

137

　　①这是一篇寻幽览胜的游记文。小盘谷山,当在南京卢龙山附近。文

章通过寻找小盘谷山,描绘出卢龙山一带清幽秀美的景色。文笔清丽,意象鲜明。

②江宁府:属江苏省,治所在江宁(今南京市)。

③卢龙山:一名狮子山,在今南京市西北二十里。

④熟五斗米顷:大约可煮熟五斗米的时间。

⑤陂陀(pōtuó 坡驼):倾斜不平貌。

⑥馨(qǐng 请)咳:咳嗽声。

⑦阬(gáng 冈):大土山,此处指高坡。

⑧龈腭:龈,牙龈;腭,上腭。井、灶、龈、腭,喻事物的高低不平。

⑨团瓢:圆形草屋。

⑩摩荡:动荡摇晃。

⑪管异之:管同。亦为姚门弟子。

译 文

江宁府城,它的西北面被卢龙山包围而止。我曾经去探访过小盘谷,到了那里,当地有的人却说没有这地方;但见万竹蔽天,歧路很多,曲折广狭却相同,顺路寻求也见不到尽头。忽听得犬吠声,急忙赶去,终不见人。

约摸走了可以煮熟五斗米的时间,到一寺院,叫归云堂。土田宽舒,居民以种桂树为职业。寺旁有一条小小草径,向南一伸,便下垂大谷。四面山上都是大桂树,山沿崖倾斜,形状像大钵仰天,空响积贮其中,咳嗽之声也不能泄散,在寂寥无声中,耳边却常常听到嗡嗡嗡的声音。深潭中的积水,一直贯注到山脚。

从寺院朝北走,走到卢龙山,山中的坑谷凹凹凸凸,像井灶那样高低相接。有人说:"这是明代遗老避兵火之地,所谓三十六茅庵、七十二团瓢该是在这里。"

到了傍晚，于是登山循城而归。这时暮色下密，月光遍布其上，低头看去，只见万影荡漾，像鱼龙起伏于波浪中。同行的人都说："这是万竹蔽天的地方呀！所谓小盘谷，大概就是了吧。"

同游的人，有舅父侯振廷，朋友管异之、马湘帆，学生欧岳庵，弟弟念勤，连我共六人。

日且暮，乃登山循城而归。暝色下积，月光布其上。俯视万影摩荡，若鱼龙起伏波浪中。诸人皆曰："此万竹蔽天处也。所谓小盘谷，殆近之矣。"

作者简介

姚鼎(1731年—1815年),字姬传,一字梦谷,室名惜抱轩,人称惜抱先生,安徽桐城人。乾隆二十八年(1763年)进士,官至刑部郎中,充任四库全书馆纂修。书成后,以御史记名。不久,乞养南归,主讲于江宁、扬州等地书院40多年,为"桐城派"重要人物。他工古文,主张"义理、考据、词章,三者不可偏废",以阳刚、阴柔区别文风,提倡"神理气味",贬薄"格律声色"。著有《惜抱轩文集》,所选《古文辞类纂》流传较广,影响颇大。

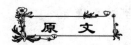

登泰山记①

  泰山之阳②，汶水西流③，其阴④，济水东流⑤。阳谷皆入汶⑥，阴谷皆入济。当其南北分者⑦，古长城也。最高日观峰⑧，在长城南十五里。

  余以乾隆三十九年十二月⑨，自京师乘风雪⑩，历齐河、长清⑪，穿泰山西北谷，越长城之限⑫，至于泰安。是月丁未⑬，与知府朱孝纯子颖由南麓登⑭。四十五里⑮，道皆砌石为磴⑯，其级七千有余。泰山正南面有三谷。中谷绕泰安城下，郦道元所谓环水也⑰。余始循以入⑱，道少半⑲，越中岭，复循西谷，遂至其巅。古时登山，循东谷入，道有天门⑳。东谷者，古谓之天门溪水，余所不至也。今所经中岭及山巅㉑，崖限当道者㉒，世皆谓之天门云。道中迷雾冰滑，磴几不可登。及既上㉓，苍山负雪，明烛天南㉔，望晚日照城郭，汶水、徂徕如画㉕，而半山居雾若带然㉖。

  戊申晦㉗，五鼓㉘，与子颖坐日观亭㉙，待日出。大风扬积雪扑面。亭东自足下皆云漫。稍见云中白若樗蒲数十立者㉚，山也。极天云一线异色㉛，须臾成五彩，日上正赤如丹㉜，下有红光动摇承之，或曰，此东海也㉝。回视日观以西峰㉞，或得日，或否，绛皓驳色，而皆若偻。

  亭西有岱祠㉟，又有碧霞元君祠㊱。皇帝行宫在碧霞元君祠东㊲。是日，观道中石刻，自唐显庆以来㊳，其远古刻尽漫失㊴。僻不当道者㊵，皆不及往。

山多石，少土。石苍黑色，多平方，少圆㊶。少杂树，多松，生石罅㊷，皆平顶。冰雪㊸，无瀑水，无鸟兽音迹。至日观数里内无树，而雪与人膝齐。

注　释

①泰山：在山东泰安北，屡见前注。

②阳：山的南面。

③汶水：俗称大汶河，发源于山东莱芜县东北原山山南，西南流经泰安县东。

④阴：山的北面。

⑤济水：上游发源于河南济源县西王屋山，下游从黄河分出，河道屡有变迁，曾一度东流至山东济南市北，经今小清河河道入海。

⑥阳谷：指南面山谷中的水流。

⑦"当其"二句：在那山南山北水流分界的地方，是古长城。"古长城"，指战国时齐国所筑的长城。西起山东平阴，经泰山北冈阳谷、阴谷分界处，东至胶南的琅邪台入海。

⑧日观峰：在泰山山顶，五更天可在峰顶观日出，故名。

⑨乾隆三十九年十二月：即公元 1775 年 1 月。

⑩京师：清首都，即今北京市。乘：冒着。

⑪齐河、长清：都是县名，在今山东济南市西边。

⑫限：界限。

⑬是月丁未：这里指乾隆三十九年十二月二十八日，公元 1775 年 1 月

文学常识丛书

29 日。

⑭朱孝纯：字子颖，山东历城人，乾隆二十七年举人，当时任泰安府知府。

⑮四十五里：实际仅二十几里。

⑯磴(dèng)：石头台阶。

⑰郦道元：北魏地理学家，著《水经注》，已见前简介。环水：载见《水经注·汶水》。

⑱循以入：指沿着中谷进去。

⑲道少半：路走了一小半。

⑳天门：泰山地名，为登泰山顶峰通常经由的山口，已见《封禅仪记》注。

㉑"今所"句：谓现在所走的登山路线，是经过中岭到达山顶。"及"，到达。

物华风清

143

㉒"崖限"二句：意谓那象门户一样挡着道路的山崖，人们都称它为天门。"限"，门槛(kǎn)。"云"，语气助词。

㉓及：等到。

㉔明烛天南：意谓雪光明亮，照耀着南边天空。"烛"，动词，照耀的意思。

㉕徂徕(cùlái)：山名，在山东泰安东南约四十里。

㉖居雾：停留着的云雾。若带然：像白带子一样。

㉗戊申：二十九日。晦：农历每月的最后一天，表明这个月是小月。

㉘五鼓：即五更，天快亮的时候。

㉙日观亭：亭名，在日观峰上。

㉚稍见：依稀可见。樗蒲(chū)：古代的一种赌具，形状像后来的色(shǎi)子，此喻远方云雾中带雪的山峰。

㉛"极天"句：意谓在天的尽头，有一线云烟，颜色特别。

㉜"日上"句：太阳冉冉上升，颜色纯红如朱砂。

㉝东海：泛指东方的海洋。

㉞"回视"五句：意谓回头看日观峰以西的山峰，有的被太阳光照射，有的照不到，或红或白，颜色错杂，然而，却都像弯腰曲背。"绛"，大红色。"皓"，白色。"驳(bó)"，颜色不纯。"偻(lǚ)"，弯腰曲背的样子。

㉟岱祠：指泰山顶的东岳庙，奉祀泰山神东岳大帝。

㊱碧霞元君祠：在泰山绝顶，建于宋真宗时，初名昭应祠，嘉靖年间改名碧霞。"碧霞元君"，女神名，相传为东岳大帝的女儿。

㊲皇帝行宫：这里指清高宗在泰山的临时住处。乾隆十三年(1748年)春，清高宗巡视山东，曾在泰山住宿。"行宫"，皇帝外出时的住处。

㊳显庆：唐高宗李治的年号(公元656年—661年)。

㊴漫失：磨灭缺失。

㊵僻不当道者：偏僻不在路边的。

㊶圜(yuán)：通"圆"。

㊷石罅(xià)：石头裂缝。

㊸"冰雪"三句：这时正值隆冬，所以说，到处是冰雪，没有瀑布，也没有什么鸟兽的叫声和踪迹。

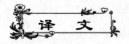

译　文

泰山的南面，汶水向西流去；山的北面，济水向东流去。南面山谷的水都流入汶水，北面山谷的水都流入济水。在那阴谷和阳谷南北分界处的，是古时齐国所筑的长城。最高处是日观峰，在长城以南十五里处。

我在乾隆三十九年(1774年)十二月，自京都冒着风雪，经过齐河、长清，穿过泰山的西北山谷，越过长城的城墙，到达泰安。这个月的二十八日，我与泰安府知府朱子颍从南面山脚下开始登山。山道长四十五里，都是用石头砌成的台阶，一共有七千多级。泰山的正南面有三条山谷。中谷环绕泰安城下，就是郦道元所说的环水。我开始顺着这条山谷进去。不到一半路，越过中岭，又顺着西谷走，就到了山顶。古时候登泰山，都是顺着东谷进去，道中有天门。东谷，古人叫它天门溪水，我这次没有到。现在所经过的从中岭到山顶中那些像门坎一样横在路上的山崖，世上的人都称它们为天门。山道上迷漫着雾气，非常光滑，那些台阶几乎不能攀登。等到达山顶，看到青翠的山峰覆盖着白雪，雪光照亮了南面的天空。远望夕阳照耀着泰安城，汶水和徂徕宛如一幅画，半山上停留着云雾，就像飘带一样。

二十九日这一天是月底，五更的时候，和朱子颍一起坐在日观亭上等候日出。这时大风刮起积雪扑打着脸面，亭子以东从脚下起，都被云雾弥漫，渐渐地看到云雾中数十个白色的像骰子似的，那是山呀。这时天边的云像一条条线似的呈现出不同的颜色，霎时间变得五彩缤纷。太阳出来了，像丹砂一样赤红，下边有摇动着的红光承接，有人说：这就是东海呀。回过头来再看日观峰以西的那些山峰，有的受到日光照射，有的没有被照射到，或红或白，错杂相间，一个个都弯腰曲背，好像在向日观峰鞠躬致敬。

日观亭西边有岱祠，还有碧霞元君祠。皇帝的行宫在碧霞元君祠的东边。这一天，返回的路上观看了道路两旁的石刻。自从唐高宗以来，那些远古的石刻大都模糊不清或缺失了。那些偏僻不在路旁的，都来不及前往。

泰山多石头，少土。石头都是苍黑色，多是平方的，很少是圆的。杂树很少，多是松树，生长在石缝里，树顶都是平的。到处是冰雪，没有山泉瀑布，没有鸟兽的声音和足迹。到日观峰几十里内没有树，而雪深得与人的膝盖相齐。

桐城人姚鼐记。

泰山之阳,汶水西流,其阴,济水东流。(阳谷皆入汶,阴谷皆入济。当其南北分者),古长城也。最高日观峰),在长城南十五里。